「お主、山、買わんか」

「……はい？」

[著] 実川えむ　[画] りりんら

「いいの？」
ビャクヤ（白夜）
望月五月（もちづきさつき）
ハク（白）
ユキ（雪）

「ぜひ、この4匹のホワイトウルフに名前を付けてやってください」
シロタエ(白妙)
稲荷様(人間の姿)

ログハウスの中は、
様々な精霊たちがうようよしている。
光、水、風、土、火。
それらが、五月の周囲を飛びながら、
彼女の手元を覗き込んでいる。

〜異世界暮らしも悪くない〜

山、買いました

［著］実川えむ

［画］りりんら

I BOUGHT A MOUNTAIN.

Contents

Character

望月五月（もちづきさつき）
どこにでもいる27才社畜OL。
彼氏に振られたことをきっかけに
ソロキャンプを始めるが……？

稲荷様（いなりさま）
大きい狐の姿をした
地球の神様。なぜか
五月に山（異世界）を
買わそうとする。

稲荷様（人間の姿）（いなりさま）
キャンプ場の管理人さん。
フルネームは稲荷 寿司（いなり ひさし）。
たまに猪肉や煎餅をくれる。

ビャクヤ（白夜）
ホワイトウルフ一家の
大黒柱。

シロタエ（白妙）
ホワイトウルフ一家の母。

ユキ（雪）
ホワイトウルフ一家の子供。
げんきいっぱい女の子。

ハク（白）
ホワイトウルフ一家の子供。
げんきたくさん男の子。

序章

異世界の山奥にて

I Bought a Mountain

Living in another world isn't bad either.

　すっかり木々の色が紅葉(こうよう)でカラフルに変わっている。秋晴れに恵まれた今日は、まさにソロキャン日和(びより)だ。朝の少しひんやりした空気が気持ちいい。

「うーん、空気が美味(おい)しいっ！」

　一人用のドーム型テントの中から這(は)い出て、思い切り背伸びをする私、望月五月(もちづきさつき)。二十七才。

「さてと、まずは朝ごはん準備しないとか」

　テントの前に置いたミニテーブルの上に、クッカーやポケットストーブ等を並べていく。

　フライシートの下には、食料を入れた大きめのクーラーボックス。今日の朝食は何にしようかと考えながら、食材を探す。


　私は、何回かのソロキャンプを経て、山を買うことにした。

『唐突すぎる！』

『極端すぎる！』

『会社辞めてまで⁉』

　会社の上司や同僚からは散々言われたけど、そこに至るまでには色々、本当に色々とあったのだ。

それに、少しだけ、興味があった。

——山奥での一人暮らし。

まさか、本当に自分でもやり始めるとは思わなかったけれど。

半熟の目玉焼きにバターがたっぷり滲(し)みこんだトーストと、インスタントのコーンスープ。たったそれだけなのに、外で食べると贅沢(ぜいたく)な気分になるのはなぜだろう。

そんな軽めな朝食を終えると、折り畳みの椅子(いす)に座ったまま、タブレットを手にする。

何がびっくりって、このタブレットだ。

何度も夢じゃないかと頰(ほお)をつねった。

だけど実際に使ってみて、目の前で起きることを理解したら、現実なのね、と納得せざるを得なかった。ただし、この山の敷地内でないと使えない。

——なにせ、ここは異世界だから。

電源を入れると、画面にはアプリのアイコンが二つ。

一つは緑色をベースカラーにした『ヒロゲルクン』。

もう一つは茶色をベースカラーにした『タテルクン』。

「まずは、『ヒロゲルクン』を開いて、っと」

目の前にはいくつかのメニューが表示される。

これから始まる魔法の時間に、私は今からワクワクしている。

私がこのタブレットと、山を手に入れることになったキッカケは、今から半年前まで遡（さかのぼ）ることになる。

一章

山を買うまでの半年間の出来事

まだ寒さの残る春。五年付き合った彼氏から、別れを切り出された。

そのうち結婚するんだろうな、とは思っていたし、彼の実家に挨拶にも行った。それなりの結婚資金も貯めていた。

だけど、最後の一押し、というのが足りなかった。

彼が異動になってから、互いに仕事が忙しくなった。最後にまともに彼と会ったのは、一ヶ月くらい前。同期の送別会の時だ。その時だって、いつもと変わらない彼だったのに、気が付けば、異動先の女性の先輩（私よりも年上）と、付き合いだしていたとか。

それも、その先輩っていうのが、既婚者だという。

——それを別れ話の時に、私に言う？

——その上、元カノなりたての私に相談とかする？

「馬っ鹿じゃないのっ」

年度末直前、三連休の前日の深夜。

私は車のハンドルを握りながら、ぶつくさ文句を言う。

マンションの部屋の中には、彼氏の荷物はもう何も残ってはいない。全て、ゴミとして捨ててし

I Bought a Mountain

Living in another world isn't bad either.

まった。すっきりさっぱり、彼の存在はなかったことにしてやった。

ただ、そんな中、一緒にキャンプに行きたいね、なんて言って前から用意していたキャンプ道具一式だけは捨てられなかった。

それをレンタカーの軽自動車に積み込み、一人で向かうは、ソロキャンプ。前から行きたいと思っていたキャンプ場へと向かう。

——あんなこともしよう。

——こんな料理も作ってみたいね。

そう言いながら、二人でキャンプの動画を見たり、キャンプ雑誌を読んだりした。

でも、結局、一回も行くことはなかった。

楽しかった日々が脳裏をかすめ、思わず、涙が浮かぶのをこらえられなくなる。

「うっ、うっ」

このまま、運転を続けるのはまずい。

そう思うくらいに、涙で目の前がぼやけてきた私は、道路の路肩に車を止めた。

「……馬っ鹿じゃないのっ！」

私は嗚咽(おえつ)をもらしながら叫ぶと、ハンドルに突っ伏したまましばらく泣き続けた。

「はぁ……いい加減にしないと着くのが遅くなるか」

涙を拭(ぬぐ)って、バックミラーに目を向けると、目元も鼻も真っ赤(まっか)になってる自分の顔が見える。

「最悪だわ」

何枚かのティッシュペーパーで、思い切り鼻をかむ。

免許を持っていても、ほとんどペーパードライバーの私は、高速道路を走る自信がないので下道を通っていく。

途中、眠気覚ましに寄ったコンビニで買い出しをして、車の後ろに積んでいたクーラーボックスにビニール袋ごと突っ込んだ。


空が薄っすら明るくなってきた頃、白い靄が出始めていた。

朝の通勤時間などに、霧で真っ白になって前が見えないなんてことはたまにあるけれど、車の運転をしている時ほど、怖いことはない。ちゃんとヘッドライトを下向きにして走っていても、不安なものは仕方がない。特にキャンプ場は山の中。ガードレールがあっても、怖いものは怖い。

車の備え付けのナビが、もうすぐ目的地だと、教えてくれた。

＊＊＊＊＊

普段より濃い朝靄の中、車のライトがキャンプ場の中を貫いていく。それが管理小屋の窓の中にも入り込んだ。

「ずいぶん早くから来てるな」

新聞を読んでいた管理人の男は、管理小屋の壁にかかる時計に目を向けた。まだ朝八時を過ぎた頃で、キャンプ場のオープン時間ではないのだが、と思いながら、受付のドアが開くのを待つ。

「……おはようございます」

少し顔色の悪い二十代後半くらいの女性が、一人で入ってきた。

背は高すぎるでも、低すぎるでもなく、黒髪のボーイッシュな感じのショートカットで、少しぽっちゃり気味。たれ目で左目の目元に小さな黒子(ほくろ)が一つ。寝不足なのか、目が赤くなっている。

その時、男は、おや、と思った。

なぜなら、その女性の頭上に、大きな透明なウィンドウが浮かんでいたのだ。

(おやまぁ。移住候補者ですか)

「いらっしゃい。ずいぶん早いですね」

「あ、すみません。まだ時間じゃないですよね?」

慌てて時計を確認する彼女が、申し訳なさそうに言う。

「ええ。でも、大丈夫ですよ。ご予約のお名前は」

「望月(もちづき)です」

「はい、望月様ですね……はい、確認とれました。えーと、一応、二泊ということですが、いいですか」

「あ、はい」

男がキャンプ場について簡単に説明をすると、彼女は薪(まき)の束(たば)と着火剤だけを購入して小屋の中から出ていった。

窓際まで行き、彼女が車に乗り込む姿を見送る。

「どれ。しばらく様子を見ますかねぇ」

『よろしくぅ』

男の耳には、甲高い幼い男の子のような声が聞こえてきた。

「……イグノス様自らとは、珍しいですね」

『あの子、欲しいんだよね』

「まぁ、あのウィンドウに貴方様の名前がありましたから、そうなのかなぁ、とは思いましたけど……ありゃ、なんですかい？」

『うーん、僕の執着が強すぎたみたい（てへぺろ）。稲荷、あの子のこと、よくよく見ておいてくれよ』

稲荷、と呼ばれた細い目をした中年の男は、はぁ、と大きなため息をつきながらも、ニヤリと笑う。

「まったく、イグノス様には敵いませんよ」

『やったぁ！』

「少し、お時間くださいね」

『構わないよ！　こちらの時間など、僕にとっては、たいした時間ではないもの』

嬉しそうな声の響きに、稲荷とよばれた男は微かに微笑む。

「まったく、なんだって、こっちの世界に来ちまってたんですかねぇ……聖女様は」

そして、イグノスに執着される『望月』という名の女性を、少しばかり哀れに思った。

名前／望月五月(さつき)
年齢／二十七才
加護／イグノスの加護（呪(のろい)）
職業／元聖女
備考／移住候補者につき、要注意

＊＊＊＊＊

初めてのソロキャンプに利用したのは、前から気になっていた山奥のキャンプ場だった。久々の運転にヘロヘロになりながら、指定されたサイトまで車で乗り込む。

ある程度整地されてはいるものの、山の中だけに雑草があちこちに生えている。山奥すぎて、利用者が少ないのかもしれない。

すでに太陽はのぼり、霧も晴れていた。

「着いた」

ポツリと呟(つぶや)いて、私はハンドルを抱きかかえながら寄りかかる。

「……テント張ってから寝よ」

　このまま車の中で寝たら、起きたら夕方、なんてことになりそうだ。

　車から降りたら、後ろの座席から荷物を運ばなくては。まずは、テントを張って荷物を置けるようにしないといけない。

　中古で買った二人用のテントは、けっこうずっしりと重い。元カレがフリマアプリで買ったのを、私の部屋に置きっぱなしにしていったもの。ヤツが持ち運んで組み立てるのであれば問題はなかっただろうが、正直、私には重い。しかし、今はこれを使ってキャンプするしかない。

　比較的平らな地面を見つけると、そこにテントの入っているバッグを置く。気合を入れて組み立てようとするんだけど……重い！　それに、どれに何を入れるのかもわからない。そもそも、立てられるのか？

　慌てて説明書を探すけれど、中古すぎて説明書も入ってなかった。

「なんでこんなの買ったのよ！　てか、私の部屋は粗大ゴミ置き場じゃないわいっ！」

　悪戦苦闘すること三十分。寒いくらいだったのが、すっかり額に汗している状態だ。

「あー、疲れたー」

　出来上がったテントの中で、ごろんと寝転んだら、ごつんと後頭部を打ってしまった。

「あ、痛っ……直(じか)に寝ちゃダメだわ」

　慌てて車から寝袋と大きめのブランケット、折り畳みで凸凹(でこぼこ)のあるレジャーマットを下ろして、テントの中に敷いて再度チャレンジ。

「おお～、いいじゃない」

ごつごつしていたのが、まったく感じなくなった。これなら地面の冷たさも緩和されるかもしれない。

「さてと、あとは他の荷物を下ろすだけ下ろして……朝ごはん食べよ」

すっかりブランチな時間になっていることはスルー。それよりもお腹がすいていることのほうが耐えられない。

まずはクーラーボックスを下ろす。この中に、途中で寄ったコンビニで買ったものが入っている。

「あ、あった、あった……まずは、おにぎりと」

すっかり冷えてしまって硬めになっているおにぎり。お湯でも沸かして、お茶でもいれたいところだけど、それよりも腹ごしらえしてしまいたい。

「あー、管理小屋の脇にあった自販機で、温かいお茶でも、買ってくればよかったなぁ」

ぶちぶちと文句をたれながら、私はおにぎりにかぶりつく。三個買ってきたおにぎりは、あっという間に私のお腹の中へ消えていく。

荷物はまだ半分くらい車の中に入ったままだけれど、お腹が少し落ち着いたのもあって、眠くなってきた。

「とりあえず、寝よ」

私はテントの中の寝袋に入り込むと、あっという間に意識を失った。

ぼんやりと意識が浮上してきたな、と思ったら、周囲が大きな木々に覆われた場所に、私は立っていた。

——あ、これ、夢だ。

すぐに気が付いた。根拠はない。

大きな木々は、やたらと存在感があって圧迫されている感じがする。きょろきょろと周りを見渡していると、私の足元から前方へと道が出来ていく。

——これは、進め、ということかな。

私はその意図を汲み取れているか怪しく思いながら、前へ前へと進んでいく。

すると目の前に、古い石の鳥居が見えてきた。その奥には、朽ちた古い神社の建物。私はそのまま鳥居を抜けて、建物の前まで辿り着いた。

『よく来たな』

突然、野太い男性の声が聞こえてきた。

「へっ？」

私は慌てて周りを見渡すけれど、誰もいない。

『こっちだ』

その声は建物の方から聞こえてきて……。

「き、狐⁉」

大きな白い狐が、建物の後方からのそりと歩いてきた。

めちゃくちゃ、デカい。

完全に見上げている私は、あんぐりと大口を開けながら、狐に見入ってしまう。

顔には赤い隈取に、瞳はエメラルドグリーン。光の加減で金色に輝いて見える。艶々の毛の色は真っ白、思わず手を伸ばしたくなるような胸元の毛のモフモフ具合、それに太い尻尾がゆらりゆらりと揺れている。

狐は私の目の前まで来るとお座りをして、私の顔を覗き込んだ。

『望月五月』

「は、はいっ」

なんで、私の名前を知っているのか？　夢だからか？

『お主、山、買わんか』

「……はい？」

首を傾げながら、狐が言ってきた。

——山を買う？

私も首を傾げてしまう。

——なぜ、山？

『安くしとくぞ』

「いや、安くといっても」

『お前さんが山に住んで、山のメンテナンスをしてくれれば、毎月、管理費を支払うぞ』

夢のわりに、現実的なことを言ってくる。

管理費がいくらかわからないけれど、いつかはプラスになるのか？　それに、お金が貰えるんだったら、働かなくていいのか。

一瞬、同じ会社に勤めている元カレの顔が浮かぶ。

「山に、住む……」

いわゆるスローライフってやつか。

『どうかね？』

「いいですねぇ。そんな生活ができたら、幸せでしょうね」

本当にできれば、だけど。

テレビの番組で見た山奥での生活は、かなり大変そうだった。ただの一般人の私には、まったくもって現実的ではないけれど、今の生活と大差がなければやってみたいかもしれない。

どーんと大きなログハウスでの生活や、露天風呂、きっと都会の灯り(あか)がなければ、夜空も綺麗に違いない。

なんて、一人勝手に妄想していると。

『そうか、そうか』

狐が笑ってそう言った。

――狐が笑う？

『それじゃあ、お前さん宛に請求書を送っておこう』

「え、せ、請求書⁉」

『山を買ってくれるのであろう?』

「いや、まだ決めたわけじゃ……だいたい、山っていくらです?」

夢だとわかっていても、金額は確認しないといけない気がした。

『うん? なに、一山、90万円でどうだ』

「きゅ、90万⁉」

『高いか?』

いやいや、一山、ってどれくらいの広さの山のことを言っているのかわからない。そもそも、どの山のことよ! あまりに具体的な金額が出てきたものだから、余計に混乱する。

あ、夢だっけ。いや、夢にしても。

『おや、もう目が覚めるか。仕方ない。またな』

「え?」

狐の言葉と同時に、景色がぐにゃりと歪み、目の前が真っ暗になった。

「ゆ、夢……だよね」

目が覚めて最初に出た言葉。テントの中で横たわったまま、無意識に零れた。

ふと、外を見ると、すでに昼を過ぎたのか、先ほどよりも日が傾いている。

「あ、まずい、さっさと荷物下ろさなきゃ」

慌てて、助手席に置いておいた大きめのリュックサックを下ろす。中には着替えや、タオル類などを詰め込んである。

車の後ろのトランクには、近所のホームセンターで買った、大きめのプラスチック製の四角い折り畳みできるカゴ。その中には、キャンプ道具一式が詰め込んである。

「お、も、いっ」

自分で車に載せたはずなのに、やたらと重く感じるのはなぜだ。

一通り諸々の荷物を下ろすと、まずはミニテーブルを設置する。その脇には折り畳みの椅子。焚火台を置くと、やっとキャンプっぽくなった気がした。

キャンプ場には、あんなに早い時間に着いたのに、どんだけ寝てたのだろう。

椅子にどっかと腰を下ろして、空を見上げる。青かった空が若干赤みを帯びてきている。

「よし、まずは、火だね、火」

下ろした荷物の中から、薪の束を見つけ出す。薪にいきなり火が点かないのは、散々、動画や本で勉強をしていた。私はテントの周辺の雑木林の中から、枯れ草や折れた枝を探しまくる。松ぼっくりがあればいいんだけど、植生が違うのか見当たらなかった。

私は焚火台に薪を組んで、その下に枯れ草や枝を置いてみる。

「それと、着火ライターっと」

ライターの先を枯れ草に突っ込んで、火を点けた。

「……点いて……点いて」

念じるように呟くと、徐々に火が薪にも燃え移っていった。

「……はぁ、よかったよぉ」

本当は、ファイヤースターターとかで、ジャッジャッとやれたら格好いいのだろうけれど、初心者にはハードルが高すぎる。次とか、その次とかでやれたら……いいんだけど。

「……」

私は無言で焚火を見つめる。まさに無心。

パチパチと弾ける音とともに、時間は滔々と流れていく。

「静かだ」

ポツリと呟いた自分の声の大きさに少しだけ驚く。風や虫の音がやたらと耳に入って、自分は自然の中で一人きりなんだな、と痛感させられる。

くぅ～、というお腹の音で、自分が空腹だったことに気付いた私は、クーラーボックスを開けて、中身を確認する。さっき寝る前に食べたのは、コンビニのおにぎりだったけれど、せっかくのキャンプ。ちゃんとキャンプ飯を堪能したい。

５００㎖の水の入ったペットボトルと、チャック付きのビニール袋に一合分ずつ分けて入れてきた無洗米を取り出す。

小学生の頃に飯盒炊さんの経験はあったけれど、大人になってからは初めてだ。

さすがに飯盒は買えなかったので、１００均で買ったメスティンと固形燃料、ミニストーブをテーブルの上に置く。同じく１００均で買ったクッカーに、レトルトのカレーも置いてみる。

そう。レトルト。本格的なキャンプなら、一から作るべきなのだろうけれど……今の私は楽なのを選びたい。その代わり、ちょっとお高いレトルトだ。

料理の準備をしているうちに、すっかり日が落ちてしまった。焚火だけが灯りになってしまい、周りは真っ暗。慌ててＬＥＤのランタンを取り出して、テントの端にぶら下げる。他のキャンパーたちは別のサイトにいるのか、完全に私一人だ。おかげで夜空は星でいっぱいで、つい見とれてしまう。

クーラーボックスから缶チューハイを一本取り出す。そんなにお酒は強くはないが、こんな日は飲んでもいいはずだ。

クッカーでは、レトルトの袋から出したカレーがぐつぐついっていて、カレーの匂（にお）いが周囲を満たしている。メスティンで炊いたご飯は……若干、硬めに出来上がった。底に少しおこげができているけど、初めてだもの、こんなものだろう。

「どれどれ……ん、さすが、お高いだけのことはあるね」

誰かが言っていた、『カレーは飲み物』は間違いではない。スルスルと口の中に流し込んでしまうくらいに、このレトルト、旨すぎる。家では食べないけど、こういう時に奮発して食べるのは、アリだろう。

「あとは……このソーセージ」

ソーセージというか、フランクフルトと言ったほうがいいか。バーベキュー用の鉄串に刺して、焚火で炙（あぶ）る。いい感じの焦（こ）げ具合に、よだれが出る。

「ん～！　これこれ！」

家の小さなフライパンには入りきらない長さ。これを豪快に食べてみたかったのよ。

パリッという音とともに肉汁を垂らしながら食べていく。それを流し込むように缶チューハイを飲む。

ソーセージ、チューハイ、ソーセージ、チューハイを繰り返す。

「んあ~！　最高！」

夜空を見上げ、一人で乾杯する。

うん、悪くない。


食事の後は、後片付けだ。カレーの入っていたクッカーの汚れをキッチンペーパーで拭う。メスティンのほうは米粒一つ残してない。

「洗い場と、ついでにトイレにも行ってきちゃおうか」

食器洗いの道具一式とともに、汚れものを折り畳みのバケツに入れて、洗い場へと向かう。ついでに洗面道具も忘れない。

ＬＥＤのランタンを片手に暗い道を進む。ビクビクしながら、なんとか誰もいない洗い場に着いた。

さっさと洗い物と歯磨きを済ませると、トイレを探す。

「うっ」

ここまで暗い場所にあると、何か出そうで怖い。ふと、夢に出てきた大きな狐を思い出した。

山でのスローライフ、素敵だとは思う。

しかし、トイレとかお風呂とか、大変そうなのは嫌だ。ただのキャンプでこれだもの。憧れはあっても、一人での山暮らしは現実的ではないよな、と思う。

再びLEDのランタンの光だけで、暗い道を怯えながらテントの場所まで戻る。仕事帰りの夜道のなんと明るいことか、とつくづく思う。

テントに戻ってみれば、もう焚火も炭が赤くくすぶっているだけになってしまっていた。私は簡単に片付けをするだけして、さっさと寝袋に潜り込んだ。

『おう、おう、待っておったぞ』

「うえっ⁉」

聞き覚えのある声に顔を向けると、目の前に白い狐が座って待ち構えていた。周りはやっぱりあの森の中の神社のようだ。

あれからストンと寝てしまったらしく、再び夢の中にいるらしい。

「あー、どうも」

『ふむ、で、買う気になったか？』

「え」

『山だよ、山』

「いや、あの、山ってどんな山なんですか？　そもそも、それがわからなきゃ。それに、こう、あんまり不便なところだと、管理も何も。私、ただのＯＬですし」

『うーん、どの程度の不便を言っているのだ？』

そう聞かれたので、素直に答えてみる。

「まず、ちゃんと生活する場があるんですか？　山小屋とか？　お風呂やトイレとか。水道や電気、ガスとか。それに買い物も。せめてコンビニが近くにあればいいですけど」

『……ないな』

「まぁ、山の中って言うくらいだし、そうかな、とは思いました。当然、ネットも使えない山奥だったり？」

『……そうだな』

「さすがに、そういうところで生活するのは、私にはちょっと」

例え、スローライフができると言われても、今の生活と同等くらいじゃなきゃ、山の中になんて住みたくはない。

『わ、わかった！　も、もし、暮らしに不便がなければ、どうなのだ！』

「うーん、どんな山なんです？　熊とか猪が出るような深い山だと、怖いんですけど」

『ぐうっ、し、自然の深いところだからな、出ないとは言えない』

「えー、もっと無理じゃないですか」

私に、マタギにでもなれというのだろうか。さすがに猟友会みたいなのに入って、とか無理すぎる。

『むむむぅ、いや、でもな、お前さんにお願いしたいんだよ』

「いやいや、無理ですって」

『そこをなんとか』

夢とはいえ、狐が拝んでいる姿を見るとは思わなかった。だからといって、簡単に受けるような話ではないと思う。

『ほら、これ、この山、綺麗だろう？』

目の前に丸い鏡が浮かび上がったかと思ったら、中には緑深い山々が映し出されている。確かに綺麗な山だけど、これのどこからどこまでを言っているのか？　相当広いように見えるけど。

『な？　な？　綺麗な山だろ？　頼むよぉ～』

「無理です～」

私は目覚めるまで、延々と狐に縋りつかれる夢を見続けたのであった。


初ソロキャンを終えて数日。思い返してみると、楽しい部分と面倒な部分と、半々くらいだっただろうか。何より、あの夢がいただけなかった。あれだけで疲れてしまった。

しかし不思議なもので、『また行ってみたい』という気持ちも芽生えてきたりする。前回は、勢いで出かけたところもあり、道具や情報の不足もあったりした。だから次回は、もうちょっと調べて、道具を揃えてから行こうと思った。

そのために、何度かキャンプ道具のお店を見に行ったり動画を見たりと、勉強の日々を送っていたところに突然、母親から電話がかかってきた。
母親からの電話なんて、何年ぶりだろうか。あまりに久しぶりすぎて、オレオレ詐欺かと思ったくらいだ。

母親は、私が高校生の頃に再婚した。父が亡くなって一年もしないうちに再婚。いつからの付き合いなのか、と穿って見るのは当然だろう。

相手には連れ子の娘がいて、十才くらい下の小学生だっただろうか。それが今の義妹。

母親は再婚相手に気を遣ってなのか、連れ子をやたらと可愛がり、私のことはほぼ放置。義理の父親ともまともに会話をしたことがなかった。外から見たら仲のよい親子に見えていたかもしれないが、実情はかなり冷ややかなものだった。

だから、亡くなった父の祖父母に頼んで、その家に居候させてもらって、そこから通える大学に進学した。学費については祖父母が貸してくれた。生前贈与だ、なんて言っていたけれど、毎月ちゃんと返済をしていた。

そして四年間祖父母の家から通学した私は無事大学を卒業し、都会の会社に入社すると、一人暮らしを始めた。家賃はかなり抑えめにしたから、あまり広くも新しくもない部屋だったけれど、それなりに満足している。それが今の部屋だ。

電話の内容としては、今度の土曜日の夜、義妹が友達と一緒に(!?)遊びに行くから泊めてやれ、ということだったけど、今は仕事の繁忙期で相手などしていられない、と断った。

それなのに翌朝、今度は義妹本人から、出勤前の慌ただしい時間に電話がかかってきた。

思わず、スマホの電源を切ってしまった私は、悪くはないはずだ。

――あ、キャンプ行こう。

私は通勤中の電車の中、スマホでキャンプ場を検索し始めた。


結局、無事にキャンプ場を予約できた私は、土曜日の朝から出かけることができた。

今回は、電車で移動できる距離の場所。駅からは少し歩いた場所にあったけれど、コンビニや商店が通り道にあってかなり便利だった。

借りたサイトの周りは、他のソロキャンパーが何人もいたので、すごく参考になった。やっぱり慣れている人たちは、カッコいい。

相変わらず古いテントを使う私は、今回も設営に三十分近くかかってしまった。

「マジで新しいの買おう」

汗を拭いながら、強く心に思った。

それでも、前回みたいに夜は真っ暗闇(くらやみ)というわけでもなく、あちこちにポツンポツンと焚火などの灯りがともり、寂(さび)しさはあまり感じなかった。

何より、ここにはお風呂もついていた。前回よりも少しは暖かくなってきていたとはいえ、ホカホカ状態でテントに戻ってきて、そのまま寝袋に入ってしまえば、あっという間に夢の中。

今回は、あの妙な夢など見ずに済んで、スッキリした朝を迎えた私。

その間のスマホ?

当然、電源を切ってましたが、何か？

現実逃避キャンプの後、再び平穏な日々が始まるかと思ったら、今度は元カレが連絡してきた。仕事の話であればいい。しかし、私と彼はすでに部署も違い、絡(から)むこともなくなったのだ。当然、彼が連絡してきたのは、今の彼女、不倫相手のこと。

前に一度だけ、別れ話のついでに相談にのった、いや、単純にのろけ話を聞かされただけなのだが、なぜ私がそんな話をまた聞かねばならないのか。速攻でブロックした。

——あー、キャンプに行こう。

私は電車の移動中に、キャンプ場をチェックして、そのまま予約した。家に着いたら、すぐにリュックに荷物を詰め込み始めた。

当然、スマホの電源はオフにした。

……ソロキャン、満喫したのは言うまでもない。

ゴールデンウィークを目前に、私は再び、嫌な電話を受けてしまった。

母親である。最後まで話を聞くつもりもない私は、すぐに電話を切って、電源オフ。

不愉快な気分を振り払うつもりで、缶チューハイを片手にノートパソコンの画面を開く。

こうなったら、今回もキャンプに行くしかない。それも、ゴールデンウィーク中ずっと。

「でも、もう予約でいっぱいだろうなぁ」

予約サイトを見ていると、なかなかコレというキャンプ場が見当たらない。

何の気なしにメールをチェックする。大概は広告などのメールなのだが、ふと気になる送信者の名前があった。初めてソロキャンプをしたキャンプ場からだ。

「え、半額？」

なんとゴールデンウィーク中の利用が半額になるというメールが届いていたのだ。こんなギリギリのタイミングで、と思うと同時に、あのキャンプ場がちょっと不便だったのを思い出す。もしかして、なかなか予約が埋まらないのか。

一度行っていることと、半額ということに惹かれて、さっそく予約した。ゴールデンウィーク期間ぴっちり。どうせだったら、あの周辺も色々調べて、観光してもいいかもしれない。それにはレンタカーも長めに借りなきゃ。ちょっと出費が痛いけど、結婚資金にと貯め込んでたお金もある。

「そういえば、変な夢を見た場所だったっけ」

あそこに行くとまたあんな妙な夢を見てしまうのだろうか？

しかし、今の私には家族から逃亡することが最優先。

冷蔵庫の中身をチェックしながら、キャンプの準備に勤しんだ。

今回も夜中に家を出て、朝早くにキャンプ場に到着した私。管理小屋に入ると、緑のネルシャツにジーンズの、中年男性が出迎えてくれた。

ひょろりとした体型に短いツンツンとした黒髪。髭はなくつるりとした肌の感じのせいで、若々しく見える。細面に細目の感じが、狐っぽい。

「おはようございます」

「あ、おはようございます、予約していた望月ですが」

「はいはい、ありがとうございます。期間は一週間とありますが、大丈夫ですか」

「ええ。時々、観光に出かけたりしたいんですけど、その場合は」

「貴重品などは必ずお持ちになってください。盗難がないとは言い切れませんので」

「あ、はい」

「あ、もしよろしければ、これからご案内する場所でしたら、盗難には滅多にあいませんが」

「？　そんな場所があるんですか？」

「ええ。……それに現場を見てみたいでしょうしね」

「はい？」

「いえいえ、とりあえず、こちらにご署名を」

「あ、はい」

そんな会話の後、レンタカーに乗り込んで彼の運転するＳＵＶの後をついていく。

気が付けば、前にキャンプした場所を通り過ぎ、ずいぶんと奥までやってきた。元々木々が生い茂っていて、場所によっては薄暗い感じではあったけれど、どんどん山深くなっていく。

「こんな所にキャンプできる場所、あるの？」

不安な気持ちを、さらに煽るかのように、目の前にトンネルが見えてきた。

「ちょっと、ちょっと、まさか、この先？」

まるで、某アニメ映画にでも出てきそうな、いつ頃作られたのかもわからない古びたトンネル。中に電灯はないようで真っ暗。そのトンネルの中にＳＵＶが入っていく。

「マジか……」

トンネルへ向かう道は細い一本道。対向車が来たら最悪な場所。当然、Ｕターンなんてできそうにもない。私は諦めて後をついていく。

中に入ると、目の前のＳＵＶの後部の赤いライトだけが目につく。内心、まだかな、まだかな、と思った頃、トンネルの先に明かりが見えた。

「うわ～っ」

思わず声が漏れたのは仕方がないと思う。

先ほどまでの山深い感じの薄暗さとは正反対に、明るい木漏れ日が降り注ぐ山道を走っているのだ。もうすぐ昼の時間であるにしても、明るい感じがするのはなぜだろう。

しばらく軽い傾斜を登っていくと、開けた場所に出た。

ＳＵＶが止まり、私もその後ろに車を止めて、ドアを開ける。

「えーと？」

私は案内された場所を見回して、呆然とする。完全に山の中。

しかも、キャンプサイトでもなんでもない。車を止めた場所は、少し開けた場所ではあるけれど、草はぼうぼうに生えているし、石もゴロゴロしている。

「ええ、こちらの山をお買い上げしていただきたく」

「は？」

ニッコリと笑う中年男性。

ここに案内される途中で、すでに怪しく感じてはいた。そう思っていたのについてきている時点で、私が馬鹿(ばか)だけど。

「えーと、なんでいきなり、そんな話に？」

「おやおや、覚えていませんか？　ちゃんとお話をしたではありませんか」

「うん？」

困惑している私をよそに、中年男性は名刺を差し出した。

「どうも。ここの管理を任されております、稲荷、と申します」

私が名刺を受け取って名前を確認（『稲荷(いなり)　寿司(ひさし)』に思わず吹き出しそうになるのをなんとか耐える）して、視線を戻すと……目の前には大きな白い狐が座っていた。

見上げるような白い狐……夢で見たアレとそっくりだ。

私は叫び声は上げなかった。ただあんぐりと口を開けて、見つめるだけ。

本当に驚くと、声なんか出ない。

『おや、本当に覚えていないのか？』

先ほどの稲荷さんの声のまま、偉そうに狐がしゃべっている。

――うん？　稲荷、ということは、この狐は……お稲荷様？

私は自分の頬(ほお)を思い切りつねった。

「痛い」

『今は、夢じゃないぞ？』

「いや、でも、狐がしゃべってる……」

『我はこれでも神族の末席にいるんでな』

困ったような顔の狐……いや、お稲荷様に、呆然とする。

『さて、望月、この山なんだが、どうだい？』

「え、いや、とても綺麗な場所かと思いますが」

『だろ、だろ？　空気も澄んでいて、何より、魔素(まそ)が充実してて、植物たちも生き生きしている！』

「……まそ？」

聞き慣れない単語に反応する私。

『ああ、ここは所謂(いわゆる)、異世界と呼ばれる場所、イグノス様が管理されている世界なのだ』

胸を張って言うお稲荷様だけど、「誰それ」と思うわけである。

『この世界の創造神だ。我の古くからの知り合いでな』

「うん、まぁ、それはいいや」

『いいのか⁉』

「とりあえず、ですね、目の前で大きな狐がしゃべっている状態で、こうして頬をつねっても実際痛いんだし、たぶん夢じゃないんでしょう」

しかし、なのだ。

私もそれなりに、ネットの小説や漫画を読んだりはする。そんなにガッツリというわけではなく、暇な時間に流すような感じで。その中に所謂『異世界モノ』と言われるものがあるのは知っているし、読んだこともある。その定番でいえば。

「もしかして、私、死んじゃいました？」

異世界転生である。

現状、聞かないという選択肢はない。

ジッとお稲荷様に目を向けると、キョトンとした顔で首を傾げて、『いいや？』と答えた。

『なぜだ？　お前は一緒に車を運転してきたじゃないか』

「え？　いや、異世界って言ったら、転生するのが定番かと思って」

『おや、転生を知っているか。でも、違うぞ』

「じゃ、異世界転移？　もしかして、もう戻れないとかじゃ⁉」

話しているうちに、思わず、ムンクの叫びのように、頬を両手で挟んで叫びそうになる。家族や元カレから逃げたいとは思ったけど、帰れないのは困る。仕事もそうだし、せっかく貯めた貯金が残ってるのだ！

『何を言うか、戻れるぞ』

呆（あき）れたように言うお稲荷様に、私は一瞬無言になる。

「……戻れるの？」

『ああ。望月限定だけどな』

「私限定？」

『それに、望月にこの山を買ってもらうために、イグノス様に頑張って交渉したのだ』

「神様に交渉……」

『色々とおまけを付けてくださいとな』

「おまけ、ですか」

『それはおいおいということで……とりあえず、ここ、どうだ。一週間ほどこちらでキャンプしてみては』

「え」

『キャンプしている間は、この開けた場所には野生動物が入らないようにしておいた。あと、トイレとお風呂、だったか？　これもレンタルという形で設置しておくぞ。あとは、コンビニだが、これればかりは難しくてな、車で一度、山から下りてもらって』

「え、あの、異世界にコンビニあるんですか」

『まさか！　ない、ない。トンネルを抜けて、あちら側（日本）に行くしかない』

「あ、そう」

――なんだ。普通に戻れるのか。

それにトイレとお風呂もあると聞いてホッとする。

『それじゃ、ちょっと待っておれ』

そう言うと、お稲荷様の手に、なぜか大きなタブレットが現れた。

『トイレとお風呂っと』

そう呟いたと同時に、簡易の仮設トイレと木造の小屋が音もなく現れた。

「え、え、え？」

『それでは、よい一週間を』

私が唖然（あぜん）としている間にお稲荷様は人の姿に戻ると、ＳＵＶに乗り込んでその場から去っていった。

「え～～～っ⁉」

思い切り叫び声を上げた私は、変ではないと思う。

しばらく呆然としていた私は、鳥のピチチッという鳴き声で我に返った。

慌てて簡易トイレに駆け寄る。いわゆる工事現場とかで見るアレだ。山の中にあることの違和感は半端（はんぱ）ないが、ないことのほうが切実だ。すぐにトイレを使いたいわけでもないけど、チェックだけはしておきたい。

「……トイレットペーパーはある」

簡易トイレ自体が真新しいのか、トイレの嫌な臭いもしない。

「あと、あれはお風呂なの？」

トイレから少し離れたところにある小屋に向かう。

窓から覗こうと思ったらすりガラスになっているのか、中は見えなかった。ドアを開けて中を確認すると、檜のいい匂いがする。まさかの檜のお風呂だ。身体を洗う場所もそこそこの広さがある。こっちは石が貼ってあるようだ。残念ながら、着替える場所が……ない。

「え、でも、お湯は？」

探してみると、二つの蛇口があった。赤い石がのったものと、青い石がのったもの。たぶん、お湯と水が出るのだろう。念のため、それぞれの蛇口をひねってみると、案の定、お湯と水が出た。

「……水道どうなってるの」

ここは山の中って言っていたけど、排水とか、大丈夫なのだろうか。もしかして、溜め込むタイプ？　いや、でも一週間分の汚水って、すごい量になるんじゃないだろうか。これは、一回使ってみないとわからない。

レンタカーへと戻って、中の荷物に目を向ける。

「えと、荷物を下ろす前に……あぁ、薪買ってくるの忘れた」

人の姿のお稲荷様の勢いに負けて、すぐに移動してきてしまったのだ。

一週間分の薪を買うとなると、めちゃくちゃお金がかかる。キャンプの代金を半額にしてもらったけれど、薪代で同じくらいになってしまうんじゃないか、と不安になる。

「ここの木とか、切っちゃまずいよね」

周りを見渡すと、太い木々の間に細めの若木もちらほら見える。さすがに鉈までは持ってきていないし、お稲荷様が『キャンプしている間は、野生動物は入ってこない』って言ってたけど、私が切り開いちゃった場合、どうなるんだろう？

「全然、確認し足りないじゃない」

ふと、トイレとお風呂の建物へと目を向ける。

草ぼうぼうの中にポツンと建っている風景は、やっぱり違和感。

——そもそも、本当に戻れるの？

このままこの異世界に残されるんじゃないか。そんな不安が湧き上がる。

「……薪を買いに行くついでに、確認してきてもいいわよね」

例えばこの場所を離れたとして、これらの建物が残っているかどうか怪しいけど、それよりもちゃんと向こう(日本)に戻れるかの確認のほうが大事。

「よし」

私は車から荷物を下ろさずに、再び車に乗り込んだ。

結局、普通にトンネルを抜けて管理小屋に行って薪も買えたし、鉈まで借りられた。むしろ、率先して間伐(かんばつ)してくれればありがたい、とまで言われた。

——いや、間伐とか無理だし。

とにかく、木は切ってよくて、滅多なことでは動物も寄ってこないらしい。むしろ、音をたてるほうが寄ってこないと言われた。そういえば、熊避(よ)けに鈴を鳴らしたりするって聞いたことがある。

そして、キャンプする場所にも戻ってこれた。ちゃんとトイレもお風呂も残ってる。

「ここ、本当に異世界なのかな」

改めて周囲を見渡すけど、これといって変わった木や草花があるようにも見えない。それこそ、キャンプ場の近場にある山、と言われたって、そうなんだ、って思うくらいだ。

「……まぁ、とりあえず、テント張ってみますかね。それに荷物も下ろさないと」

今回は、新しいテントを買った。ちゃんと一人用のドーム型テント。前の物に比べたら格段に組み立ても簡単。

場所はお風呂の小屋の近く、直射日光が当たらない木陰にテントを張ることにした。余計な草や石をよける。部屋でも一度挑戦済みだから、すぐにできた。

折り畳みの凸凹のウレタンマットを敷いて、寝袋に大きめのブランケットを置けば、テントの準備は完璧(かんぺき)だ。

クーラーボックスには、さすがに一週間分の食料は用意していない。だいたい、少し暑くなってきている今じゃ、二、三日持つかどうか。ほとんど部屋に保存していた食料（多くはインスタントラーメンとか、レトルト食品）だ。足りなかったら、道の駅とか、大きなスーパーに買い出しに行けばいいと元々思っていたのだ。

「ここからだとちょっと遠いけど……明日にでも買い出しに行こうか」

一日がかりになりそうな予感がするけれど、仕方がない。その時に、保冷剤も追加しないと駄目かもしれない。

クーラーボックスを下ろして、テントの脇に置く。大きめのリュックも下ろしてテントの中に置こうと思ったのだけれど……駄目だ、これを入れたら私が寝られない。

「あー、失敗した。これ、あれか、タープだっけ。ああいうの張ったほうがよかったのか」

むしろ、そのまま車を荷物置きにするのが無難かもしれない。

管理小屋で買った薪を下ろして、焚火台もセット。ミニテーブルに折り畳みの椅子。それにLEDのランタン。私の定番グッズを用意していく。

「蚊取り線香も、もういるよね」

虫よけスプレーも持ってきてはいるけれど、まだ蚊はいないと思いたい。いや、異世界に蚊はいるのか？

ミニテーブルの上に蚊取り線香ホルダーを置き、渦巻きの線香に火を点ける。一応、腰にも下げられるタイプだけど、今はここに置いておく。

線香の匂いが周囲に漂うようになった頃には、荷物は一通り下ろしきった。

「さてと、そろそろ焚火を始めなくちゃね……今日は、ファイヤースターターに挑戦よ！」

車に置きっぱなしにしているリュックの中にある、ファイヤースタータ―セットを取りに行った。


一週間のソロキャンプ。意外に楽しかった。

お稲荷様が貸し出してくれた簡易トイレにお風呂。驚くことに、私が掃除をしなくても、毎回新しい状態が維持されていたのだ。

初日、異世界情報で驚くことから始まり、荷物を下ろしたり、テントの設営をしたりと、けっこう疲れていた私。お風呂に入った後、お湯も抜かずに、そのまま寝てしまった。翌朝、掃除するつもりで覗いたら、すでにお湯はなくなっていて、むしろピカピカの未使用状態に戻っていた。

それはトイレも同様で、キャンプを終えた最終日になっても、嫌な臭いがしなかったのはホッとした。だって、臭い状態で返すのって、嫌だもの。

そして、管理小屋で借りた鉈は思いのほか大活躍だった。

買った薪は、一晩で使い切ってしまった（あんなにすぐに使い切るとは思ってもいなかったけど、管理小屋に買いに行く往復の時間もお金も勿体ない）ので、鉈を使って若木を切ってみたら、スパンッ、スパンッと簡単に切れて、その上、乾燥した薪が足元に転がっていったのだ。

「いやいや、これ、おかしくない？」

——いや、異世界だから、アリなのか？

それに、テントを張る前に抜いた草や、避けてまとめておいた石が無くなっていた。どこか別のところに動かしたか、とも思ったけれど、次の日も、その次の日も、試しに草抜きや石をよけたりしたのに、これも消えてなくなってしまった。

——なんか、やっぱり異世界なのかも。呆然となったのは言うまでもない。


「で、山、買います？」

「え」

時刻はお昼前。管理小屋に鉈を返して、チェックアウトするつもりでいたら、あのお稲荷様（人バージョン）に言われた。

「あ、いや、買うでしょ？」

「えー」

「何々、あんな物件、そうそうないですよね？　普通、あんな値段で買えないですよ？　それに異世界、異世界ですよ？」

「ちょ、ちょっと、待ってくださいよ」

グイグイくるお稲荷様に、私のほうが身をそらす。

「た、確かに、息抜きに来る分にはいい場所だと思いますけど……あそこに常駐はちょっと」

「何でです⁉　いいですよ、自然に囲まれて」

「あははは」

私は笑って誤魔化（ごまか）し、さっさとキャンプ場を後にした。


それから数日が過ぎ、本当に、ほんっとうに、異世界ではのんびりできたんだな、とつくづく思うようになった。

「望月、例のＯ社の件、どうなってる」

「あ、えと、それは佐々木さんが」

「何、佐々木？　あいつ、今、どこだ」

「佐々木だったら今日は休みですよー」

「はぁっ⁉　明日には先方に資料提出しなきゃならんのだぞ⁉」

休み明けに出社拒否症になる先輩や、トラブルメーカーの後輩の尻ぬぐい。母親からの電話はないものの、元カレからの仕事とは関係のない社内メールの多さに、ついにキレた私は元カレからのメールを迷惑メールフォルダーへと自動振り分け設定した。

それでも仕事のほうは待ってはくれず、平日は残業の日々。週末は下手をすれば休日出勤。

そんな状態が二ヶ月ほど過ぎた頃。ついに私は過労で倒れてしまった。

そんな私に追い打ちをかけたのは、母親だった。

『五月？　夏休みなんだけどね』

短期間とはいえ、病院に入院している私。

たまたま休憩所でスマホをチェックしていた時を狙いすましたかのように、母親から義妹のことで電話がかかってきた。

母親曰く、こっちで予備校に通わせたいから泊まらせてほしいと、電話越しにキンキンと甲高い声が響いて最悪だった。

無理やり通話を終わらせてスマホの電源を落とそうとしたところに、一通のメールが届いた。

普段、スマホのメールアドレスは使わないのに、どこから届いたのだろうと不安に思いながら、メールのタイトルを見る。

『山、買いませんか』

お稲荷様だ。

あまりのタイミングのよさに、もしかして、どっかから見てるの？　と、周囲を見渡す。

「そんなわけないか」

小さく呟きながら、メールを開く。

『もうすぐ夏休みですね。よければまた、山に遊びに来ませんか。今度もお値段半額にします。できれば買ってくれると嬉しいんですが』

無理やり異世界に行かせないあたり、まだまともな神様なのかもしれない。

「どうせなら、キャンプ代、無料にしてくれればいいのになぁ」

フフフと笑いながらメールを閉じた。


退院して間もない夏の暑い盛りに、この世界で最後の砦でもあり、未練でもあった父方の祖父母が亡くなったとの連絡が来た。

祖父母は暑い中、畑に出ていたらしく、そこで熱中症で倒れたらしい。二人が見つかったのは、その日の夜。夕飯後の時間なのに、家の電話に誰も出なかったことを心配して、伯母が駆けつけて見つけたらしい。

葬儀には、母は呼ばれなかった。当然といえば当然か。

「五月ちゃん、これ、おじいちゃんたちがあなたにって」

伯母が差し出してきたのは、私名義の通帳と印鑑。

「あなた、大学の入学金とか、おじいちゃんたちに返済してたでしょ。それ、ずっと貯金してくれてたんですって」

中を見てみると、残高は２００万ちょうど。学生時代からバイト代で少しずつ返していたものの、そんなに返済してたっけ、と思って最後の入金を見ると、伯母名義で約30万ほど入っていた。

「おばさん、これって」

「うん、ほら、遺産相続とか面倒じゃない？　死んだあの子の分をあなたに渡してあげられるほど、私たちも余裕がないもんだから。私たちでキリのいい金額にさせてもらったの。ゴメンね」

亡父は次男坊で、他にも兄弟が何人かいた。確かに分割したら大した金額にならなかっただろう。

「ありがたく頂きます」

ちょっとした小金持ちになった私のところに、再び、お稲荷様からメールが来た。

『山に遊びに来ませんか』

私が一も二もなく、キャンプ場に行く気になったのは、言うまでもない。


忌引き休暇をとってしまっていたために、残念ながら夏休みに有給をつなげて使うことはできなかった。

「えーと、四日間ですね」

「はい、あの」

「なんです？」

今日は知らない若い男性が受付にいた。お稲荷様は不在なんだろうか。

「今日は稲荷さんは？」

「あー、オーナーですか。なんかちょっと急用ができたとかで今日は休みです」

「そうですか……じゃあ、あの鉈をお借りしてもいいですか」

「鉈ですか？　うちじゃ、そういう道具類は貸し出ししてないんですけど」

「え、でも、前回は借りられたんですが」

「たぶん、オーナー個人のじゃないですかね」

なんと。あれはお稲荷様の持ち物だったのか。だったらあの性能にも頷ける。もしかして、自分で用意した鉈とかじゃ、あんなことはできなかったかもしれない。

「はい、望月様はっと、うん？　特別区？」

なるほど、あそこは特別区って言われているのか。というか、この男性も神様なんだろうか。

「どこのことだろ」

違うらしい。

「あ、場所はわかるんで、とりあえず向かってもいいですかね？」

「そうですか、はい。大丈夫だと思います」

チェックインを終えると、今回は忘れずに薪を購入していく。念のため、二束。あちらで枯れ木を集めて少しでも薪の消費を抑えるようにしよう。

今日もいつも借りているレンタカーで目的地へと向かう。

こうも何度も使うんだったら、中古で車を買ってもいいかもしれない。いや、駐車場がないか。

あっても、駐車場代高そうだ。

そんなことを考えながら走っているとトンネルを抜けて、異世界の山の中へと入っていく。そして、あの開けた場所に着いてみたら……。

「トイレがないっ⁉　お風呂はっ⁉」

簡易トイレとお風呂小屋が無くなっていた。

お風呂はなくても、道の駅まで行けばなんとかなる。

しかし、しかし！　トイレは、我慢できない。その辺でするのは……嫌だ！　ありえないっ！

「もう～！　なんでないのよぉ！」

車から降りて叫ぶ私。

『ごめん、ごめん』

「えっ⁉　だ、誰っ⁉」

突然、子供のような甲高い声が頭に響いてきた。

『稲荷～、用意してあげてよ～』

『あわわ、申し訳ございません』

聞き覚えのある太い声はお稲荷様だ。

そう思ったところで、ボスンッという音とともに目の前に大きな狐が現れた。

『望月が帰ったと同時に消えるようにしてたもんだから、すまんな』

なんと。ずっと置いといてくれるわけではなかった。元々、貸してくれるという話だったし、片付けてしまったのだと思えば、仕方がない。

「あ、いえ。ありがとうございます」

逆に叫んでしまって申し訳ない、というか、恥ずかしい。

『同じ場所に置いたぞ。これもレンタルだから、望月が帰ったら消えてしまうから、覚えておけ』

ぴったり同じ場所に置くとは、さすがだ。

それを見て、まだ迷っているけれど確認だけならば、と聞くことにした。

「えーと、もし、もしですね」

『なんだ？』

「ここに住むとなったら、ずっと貸していただけたりするんでしょうか」

一瞬の間の後。

『ほんとか！　ほんとに⁉　買ってくれるのか！』

「あ、ちょ、ちょっと、あの、まだ決めてませんっ」

『いやぁ、嬉しい、嬉しい！　ありがとう！　ありがとう！』

「だから、決めてませんってば！」

「はぁ……だから、例えば、の話ですって」

私の怒鳴り声に、お稲荷様は固まる。

『悪いが長期での貸し出しはしてないよ』

姿の見えない、子供の声がそう答えた。

「え、えと、この声は？」

　こっそりとお稲荷様に聞く。

『イグノス様だ……えぇ、買わんのかぁ』

「いや、ま、まだ迷ってるというか……も、もし買って住み始めたときに、トイレとお風呂がないのは嫌だなぁって思って」

『そもそも、これは稲荷のモノで、それを貸し出している。お前も自分で作ればよかろう』

「え、作るとか、無理です」

　仮設トイレ、買ってくるにしても、どうやって運ぶ？　いや、ずっと仮設トイレ使い続けるのか？　あ、市販のトイレは、あんな魔法のような綺麗さにならないんじゃないのか？

『ふむ、まだ詳しい話をしてないようだね』

『そりゃそうです、まだ買う意思のないものに、詳しい話も何もないでしょうに』

「何です、詳しい話って」

　お稲荷様に、そう問いかけると、大きなため息をつかれてしまった。

『守秘義務を伴う話だ。買わないかもしれない者に話せる内容では』

『そしたら記憶を奪ってしまえばいい』

　子供の声にしては冷ややかな声に、ゾクッと寒気がする。

『イグノス様』

『稲荷の性質には合わないかもしれないだろうけどね、僕はそれぐらいしてもいいくらい、彼女に来てほしいんだよ』

目に見えないイグノス様から、鋭い視線を向けられている気がする。

お稲荷様よりも神様チックなイグノス様に、ファンタジーにありがちな『神』っていう気がして、身体が震えだした。

『強引に、君をこの世界に閉じ込めたっていいんだ。それが僕にはできる』

冷たい声が続く。

『しかし、僕はそれを望んでいない。君には君の意思で、この世界に来てほしい』

「……だったら、なんでわざわざ山を買わせたいんですか」

レンタルだっていいじゃない。そう思うのは私だけだろうか。

『レンタルでは、君はこの世界の者という扱いにはならない。あくまで稲荷の世界の者であり、永遠に稲荷の世界で輪廻する。僕は君にこの世界の者になってほしいのだ。この山を買う、というのは一つの契約だと思ってほしい』

よくわからないけれど、この異世界に縛り付けたいってことだろうか。

「でも、あちらにも行けるんですよね？」

『当然だ。君の身体はあちらの世界のモノで出来上がっているからね』

『普通、両方の世界を往復できるのは、神と同等の能力を持つものだけだ』

「え、私、神様並み？」

『……そうは言わないが。特殊といえば特殊だ。特にあのトンネルは、どちらの世界の生き物も通り抜けることはできない。そもそも、トンネル自体が見えもしないからな』

この説明に、私ってなんなのっていう気持ちになってきた。

『とにかく、君が山を買って、ここに住んでくれると、すごく助かるんだ』

イグノス様の言葉とともに、お稲荷様は虚空（こくう）を見上げ小さく頷くと、大きな前足に小さなタブレットが現れた。それを私に差し出してきたので素直に受け取ってみると、Ａ４サイズのタブレットだった。私にとっては、そんなに小さくはなかった。

「あれ？　これはお稲荷様のと似てる」

『もし、この山を買ってくれるなら、これと同等のタブレットをやろう』

「うん？」

そう言われてタブレットの画面を見ると、使ったことや見たことのあるアプリが一つもない。二個だけアイコンがあるけれど、見たことのないアプリのようだ。こっちの世界には電波は届かないと言っていたから、新しくダウンロードもできない。家に持ち帰れば、何かしらインストールできるんだろうか。

「それは、この山を管理するために使うタブレットだ。あちら（日本）の世界では使えない」

「え、ネットとかも？」

『使えない』

それからお稲荷様が、このタブレットの機能について教えてくれた。

一つは緑色をベースカラーにした『ヒロゲルクン』。これは開拓アプリらしい。これを使えば、土地の開墾や整地など、開拓に必要な機能が使えるらしい。

そして、もう一つは茶色をベースカラーにした『タテルクン』。こっちは建築アプリ。様々な建築物を建てることができるという。

ただし、これを利用するには、ポイントが必要らしい。

『そのポイントは、この世界にいないと貯まらない』

「え、いるだけで貯まるの？」

『いや、この山をメンテナンスしてくれることで貯まる』

「まさか、そのポイントが前に言っていた管理費とか言わないですよね」

嫌な予感に顔を顰（しか）める。私はてっきりお金かと思ってた。

『管理費は別に支払う。あちらの生活には、あちらの金が必要だろう？』

「え、こっちには。こっちにも人、いるんですよね」

『……いるにはいるが、この場所まで来るような者はほとんどいない』

なんか、本当はこの山って物騒なんじゃないか。

思わず周囲を見回すけれど、綺麗な木漏れ日に溢（あふ）れた、静かでいい場所にしか見えない。

「こちらにも貨幣はあるんですよね」

『あるにはあるが……それは、お前が山を買ってから考えればよかろう？』

お稲荷様の言葉に、むむむっと、口をつぐむ。

『どうする』

『どうする、どうする？』

正直、あちら（日本）の生活は、もういいや、っていう気持ちになっている。かといって、ずっぽり異世界の山の中の生活オンリーなんか、無理すぎる。

――でも、どっちの世界も行き来できて、それなりにお金も貰（もら）えるなら。

まだ生活基盤も何もないかもしれないけど、そのポイントというやつを貯めれば、なんとかいけるんじゃないかって気がしてくるのはなぜだろう。

それよりも何よりも、ここの空間が自分に合っている、そんな気がしてならない。

「決めました」

私はお稲荷様の目を見て、きっぱり言う。

「買います」

『はい、お買い上げ～』

イグノス様の嬉しそうな声が上がるとともに、目の前をお稲荷様が『よかった！ よかった！』と言いながら大きな身体で踊っている。

その姿の残念具合に、私は苦笑いを浮かべながら見つめるのであった。

＊　＊　＊　＊

元聖女が、創造神イグノスの世界に戻ってくる。

目の前で、この地にテントを張りだした五月のことを見ながら、イグノスは期待に震えていた。

イグノスの世界では、愚かな人族によって、多くの聖獣が狙われ、土地が荒れ、精霊が絶滅の危機に瀕していた。

『彼女の力の及ぶ範囲が広がれば広がるほど、聖獣や精霊たちが守られる場所が増えるはずだ』

『彼女に、元聖女という話はしないのですか』

『彼女は知る必要はない。ただ、あの山で楽しく幸せに暮らしてくれればいいさ』

『……彼女は、前世でよほど酷い目にあったのでしょうか』

稲荷の心配そうな声に、イグノスは答えない。

『彼女に渡すタブレットだけど』

『はい、私のものとほぼ同等の機能を持たせてあります』

『うん、初期設定では開拓と建設、この二種類だね』

『ポイントが増えれば、それを利用して、新たな機能をダウンロードすることができるようにしてあります』

『稲荷のいる世界は、色々と面白い仕組みがあるねぇ』

『人族の考える力は、凄まじいです』

『……本当に。同じ人族なのに、なぜ、こうも進化の過程が異なるんだろうねぇ』

寂しそうなイグノスの声。

稲荷は、なんと答えていいかわからず、手元の五月用のタブレットに目を落とす。

『ああ、そうだ。一応、ボーナスポイントもつけてあげようか。多少、苦労かけるだろうから。トイレとお風呂の設置ポイントは割引して、と』

『そうなると、『収納』機能が、もうダウンロードできる対象のようですね』

『ん？　まぁ、いいんじゃない。これから、色々やってもらわないとだし』

『そうですな……あちらでも苦労しているようですし、こちらで充実した生活をしてくれればいいのですが』

『……そうなの？』

『身内の縁が薄いようで』

『あ、それはきっと……僕のせいかな』

『……加護が呪いになってましたからねぇ』

『なぜか稲荷の世界では反転しちゃったんだよねぇ。界(カイ)を渡って転生したせいかなぁ。でも、こっちでは大丈夫でしょ。何せ、この世界の創造神たる私の加護なんだから』

姿が見えなくても、イグノスのニンマリとしている顔を想像してしまう稲荷。

テントを設営し終えて、腰に手をあて伸びをしている五月へと目を向ける。そんな彼女の頭の上に浮かぶウィンドウの文字に、稲荷も柔らかい笑みを浮かべる。

名前　／　望月五月
年齢　／　二十七才

加護／　イグノスの加護
職業／　元聖女
備考／　移住予定（確定）につき、要注意

『さて、私は契約書と請求書の準備をしましょうかね』

『よろしく〜』

イグノスと稲荷は、楽しそうな五月を残し、その場から消えるように立ち去ったのだった。

二章

山での生活環境を整えてみた

夏休みを終えてすぐ、会社に退職することを伝えた。辞める一ヶ月以上前に言ったのだから、文句は言われまい、と思ったけれど、そう簡単な話ではなかった。

相変わらず先輩は出社拒否だし、トラブルメーカーの後輩も健在。今までそれをフォローしてきたのが私だけだったから、上司も辞められたら困るのだろう。

しかし！　それで一度倒れているわけだし、『これ以上は無理です』と言って、なんとか辞める方向に持っていけた。

そして家族からの電話も着信拒否にした。義妹の夏休みの間、こっちの都合も考えずに何度もかかってきて、本当にうんざりしたのだ。

そうやって、こちらでの繋がりを整理している間に、お稲荷様のキャンプ場から荷物が届いた。

「……タブレットだ」

それと同時に二種類の書類。契約書と請求書だ。

契約書については、あちらの世界への移住を認めること、それに管理費用について書かれている。月に23万円。ほぼ今の会社の給与並み（神様だけに、わかっちゃうのだろうか？）。今までは、これで生活の収支はトントンだった。移住してしまえば家賃はかからないし、必要なのは月々の生活

I Bought a Mountain
Living in another world isn't bad either.

費だけだと思えば、プラスになるかもしれない。

その一方で、山の管理だけでこんなにもらってもいいのだろうか？　と、不安に思いつつ、振込口座を記入して、名前を書いて印鑑を押す。

請求書の金額には、やっぱりお稲荷様が言っていた『90万円』が書かれていた。ちゃんと振込口座が書かれていた上に、口座名義がキャンプ場になっていた。

——お稲荷様、神様なのに、普通に人の中に紛れて生活してるのね。

ちょっとだけ、遠い目になった。

そしてオオトリは、タブレット。どう見ても、普通に家電店でも売ってそうなタブレットにしか見えないけれど、背面のデザインが……よくお祭りなんかで見る白地に赤い隈取（くまどり）の狐（きつね）のお面だった。

とりあえず、見なかったことにして、充電用のアダプターを探したが見当たらない。そもそも充電の口もない。

——これ、どうやって充電するんだ？

異世界にいけば、勝手に充電されたりするのかな、などと、考えがどんどん非常識な方向にいっている自分に、思わず、クスッと笑ってしまう。

「まあ、まずは電源を入れるだけ入れてみよう」

タブレットの脇（わき）のボタンを押すと、すぐに立ち上がり、この前見たのと同じ二つのアイコンが並んで表示された。そして、なぜか画面上のバーにメールのようなアイコンが点滅している。

「あれ？　ネットは使えないんじゃなかったっけ？」

アイコンをタップすると、メールアプリみたいなモノが起動した。一通だけ届いていたので、それを開く。

「なに、『収納（しゅうのう）』アプリを利用できます?」

説明を読むと、なんかポイントが貯まっているので、それを利用して『収納』アプリとかいうのがダウンロードできるらしい。

「え、便利じゃん。じゃあ、ダウンロード……って、繋がってないしっ!」

エラーメッセージが返ってきた。やっぱり、異世界じゃないと使えないってことか。

「むぅ、仕方ないなぁ」

内心、引っ越し作業に使えるんじゃないか、と思ったが、甘かった。むしろ断捨離（だんしゃり）して、身軽な状態で行ったほうがいいのかもしれない。

長年住んだ自分の部屋を見回し、荷物でいっぱいの状況に、うんざりした気分になった。

九月の後半だというのに、まだまだ暑い。

不用品の処分や、諸々の手続きや買い物をするために、退職する一週間前から有給消化することにした。

山の中は電気がない。だから大きな家電（テレビや冷蔵庫、洗濯機）は、売ることにした。

当然だけど、ほとんど山の中でのサバイバル生活だ、と腹をくくった。生モノの保存がきかないのが困るけれど、これは買ったらその日に食べる、とかするしかない。

それでも、長期で住むとなれば、先々、絶対冷蔵庫が欲しくなるだろう。他にも電気関係で必要なものは、いくらでも出てくるはずだ。

むしろ、発電機みたいなのを買う方向で考えるべきなのだろうか。

どうも、その手のことには疎いから、わからない。

「……あとは、お稲荷様に相談してみるかなぁ」

最初の時も、私の希望を聞いて、簡易トイレやお風呂小屋を用意してくれたくらいだ。何かしら、アイデアがあるかもしれない。

ちなみに先日のキャンプの時は、風呂小屋には電気はなかったので、ＬＥＤのランタンでしのいだ。月明かりがある時は、窓を開けていたけど、やっぱり、もう少し光量の強いライトが欲しいところだ。今度、大きなホームセンターにでも行って探してみよう。


引っ越し当日。

それなりに捨てたり、売ったりしたはずなのに、なんでこんなに残っているのか。さすがに、雨ざらしで外に荷物を置いておくわけにもいかない。

仕方なく、お稲荷様、もとい、稲荷さんに電話をした。

『おや、どうかしましたか』

「ご無沙汰です。あの、引っ越し荷物が、ちょっと……思いのほか量がありまして」

『山の中ですよ？　なんでまた』

「……女性の一人暮らし、舐めないでください」

『……』

私の低音ボイスが効いたのか、稲荷さんは無言になってしまった。

「それでですね、山のほうが荷物が置ける状態になるまで、あるいは『収納』に入れられるようになるまで、預かってもらえないかと思いまして」

『……はぁ。まぁ、仕方ないですね』

「ありがとうございます！　あ、これから出るので、夕方くらいに着くと思いますんで！」

『え、あ、はい。わかりました』

すでにお金のほうは入金済み。契約書も返送済み。もう、あの山は私の資産になっている。だから、わざわざキャンプ場に予約する必要もない。

そして、今回、中古の軽自動車を新たに購入した。色は上品な感じのアイボリー。後ろの座席を倒せば、色々荷物が載せられるタイプだ。思っていたよりお値段が高かったけれど、ここで妥協しちゃ駄目だと思って買った。

詰められるだけの荷物を詰め込んだせいで、後部座席は、荷物でぎちぎちである。これ、重くてハンドルとられないだろうか、と心配になる。

当然、キャンプ道具一式は、助手席に鎮座している大きなリュックに入っている。

「鍵を不動産屋さんに返して、役所に転出届出したら、そのまま向かわなきゃ」

引っ越し先の住所は、契約書に書いてあったキャンプ場の住所。郵便の転送先もそのままだ。

異世界のはずなのに、普通に引っ越しの手続きをしている私。

そんなことを思ったら、思わず笑ってしまった。

「よーし」

いざ、お山へ出発だ！


下道を通ってキャンプ場に向かう中、家に届いたタブレットに表示されていた、二つのアプリのことを思い返す。

タブレットの画面にあるアイコンは二つのみ。

一つ目の『ヒロゲルクン』は、緑色をベースカラーにした開拓アプリ。

二つ目の『タテルクン』は、茶色をベースカラーにした建築アプリ。

まずは『ヒロゲルクン』だけれど、メニューには『伐採（ばっさい）』『整地（せいち）』の二つのメニューがある。まさに、開拓に関する機能を持っているようで、ＫＰ（開拓ポイント）というポイントを使って利用することができるらしい。

どうやって貯（た）めるのかと気になっていたのだけど、すでに１５２０ＫＰが貯まっていて驚いた。

一応、『ヒロゲルクン』で内訳を見ることができて、１０００ＫＰはボーナスポイントらしい。

イグノス様かお稲荷様か、どちらかがおまけしてくれたのかもしれない。残りの５２０ＫＰは、私が異世界キャンプをしている時に、草むしりや伐採したことがカウントされていたようで、アプリを利用しないで実際に行動した場合、内容に応じて加算されていくようだ（ただし、機能を使うためにＫＰを利用した場合は、ＫＰは発生しない。単純にマイナスされる）。

自力でできることは極力自分でやって、難しい作業、例えば山の斜面を崩したり、補強したり、といったことをアプリでやるようにすればよさそうだ……って、できるんだよね？

アプリの画面をよく見てみると、端の方に『レベル１』と記載があった。もしかしたら、レベルアップすると、使えるメニューが増えるのかもしれない。

どうやってレベルアップするのか調べてみると、ＫＰの累計が、ある一定数貯まると自動でレベルアップするようだ。次のレベル２までは、４８０ＫＰ必要らしく、逆算して２０００ＫＰ貯めれば、ランクが上がるというのがわかる。けっこう、短期間でレベルが上げられそうかも、と少しだけ期待が膨らむ。

次に『タテルクン』だけれど、こちらにはレベル表記はない。

その代わり、様々な家や倉庫の他、敷地の塀みたいな物の名前がリストになっている。最終的には『城』なんていうのまである。『城』の必要ポイント数を見たら、私が生きている間に貯められるような数ではなかった。そもそも『城』なんか建てる気はない。

その中でも、トイレや風呂小屋のポイント（同じくＫＰ）は赤字で訂正が入れられて、半分の値になっていた。これらを建てるために、ボーナスポイントをつけてくれたのだろうか。

それはそれとして、普通の家、例えば『ログハウス』なんかもあるにはあって、これにはお風呂・トイレ付と書かれている。

そう！　お風呂もトイレも付いているのだ！

ただし、この『ログハウス』、１５００ＫＰもする。今あるＫＰを使ってしまうと、残り20ＫＰしか残らない。

ちなみに、簡易トイレは２５０ＫＰから割引されて２００ＫＰ、風呂小屋は５００ＫＰが３００ＫＰ。

手持ちのＫＰをほぼ使い切って『ログハウス』を建てるべきか。それとも、簡易トイレと風呂小屋のテント生活で、もう少しＫＰを貯めてからにするべきか。

「あの『収納』っていうのも怪しいもんね」

ハンドルを握り直しながら、お稲荷様に色々聞いてからにしよう、と心に決めたのであった。


世間様の帰宅時間とは重ならなかったおかげで、まだ明るいうちにキャンプ場に着けたのはよかった。平日のせいか、あまり利用者は多くなさそうだ。

「こんにちは」

「おや、思いのほか早かったですね」

「ええ」

管理小屋のカウンターにいた稲荷さんが声をかけてきた。

「あの、荷物なんですけど」

「あー、はいはい……とりあえず、裏に回ってください。おーい、ちょっと外すから、よろしく」

「……は、はいっ」

カウンターの奥にある事務所っぽいところから、若い男性の声が聞こえた。前にも普通に若者がいたので、気になって稲荷さんに聞いてみると、ただのバイトだった。あの時、下手に鉈の話をしなくてよかった。

「とりあえず、ここに置いてください」

案内されたのは、プレハブの倉庫で、色んな道具や木材などが置いてあった。

「え、ここですか」

ちょっと埃っぽい感じがする。

「他にスペースないんですよ」

「えー、あの『収納』みたいなので預かってくれたりしないんです?」

「おや、やはり『収納』機能のメッセージが来ましたか」

「ええ、なんかKP、でいいですかね、それが貯まっていたみたいで」

「イグノス様がボーナスポイントとかおっしゃっていましたからね」

なるほど。イグノス様のおかげだったのね。感謝、感謝、感謝。

「で、『収納』機能があっても、ダウンロードできませんでしたよね」

「そうなんです、あれって、やっぱり、あちらでないと駄目なんですか」

「ええ。それと、こちらでは『収納』の機能は使えません。荷物を入れることも取り出すこともできません」

「やっぱりか〜！」

結局、あっちに車で持ち込むしかない。

「じゃあ、早めにKP使って、家建てて、そこに入れるしかないわけですよね」

「まぁ、そうですけど、まずは『収納』機能をダウンロードしたほうがよろしいかと。あれもKP使いますから」

「え、そうなんですか⁉」

……『収納』をダウンロードするだけで、1000KP使うらしい。

「ああ、憧れのログハウスが」

「ログハウスにしたかったんですか？」

「ギリギリKPが足りそうじゃないですか。トイレ・お風呂付きのが」

「……えーと、KPだけじゃ、家、建ちませんよ」

「は？」

稲荷さんの言葉に、固まる。

「そりゃ、素材がなければ、物は出来ませんって」

「……素材？」

「なんのための『ヒロゲルクン』ですか。それで素材を集めて、物を作るんですよ」

「え、じゃあ、なんのためのKPなんですか」

「……うーん、技術料？　加工賃？」

なんじゃそりゃ。

がっくりと膝を落として、呆然とする私。

異世界、そんなに甘くなかった。

「あ、じゃ、じゃあ、電気とかって」

「当然、ないですねー」

「ですよねー」

しかし、ここで諦めては駄目だ！

「お稲荷様のお力でなんとかは」

「できませんねー」

にっこり笑う稲荷さん。

……快適なスローライフにはほど遠いらしい。

しかし、いつまでも、ここに留まっていても仕方がない。すでに日が落ちて薄暗くなっている。

「とにかく、この荷物だけ預かっていてください。その、家については、もうちょっと考えます」

「はいはい」

私は置いておける物だけプレハブの倉庫に置くと、すぐに車で異世界へと向かう。

トンネルを抜けた途端、真っ暗闇で、車のライトがまっすぐに伸びている。

「これ、いきなり獣とか飛び出してこないよね」

身を乗り出すようにハンドルを握り、ただひたすら前を見つめていると、ようやくぽっかりと開けた場所に出た。

久しぶりのキャンプ地だ。入ってきた道の近くに車を乗り入れる。真っ暗な状態なので、ライトは点けたままだ。

「やっぱり、トイレと風呂小屋は消えてるか～」

もうここからは、自分のKPでやっていくしかない、ってことなのだろう。

「もう～、イグノス様が、優しいのか厳しいのか、わからんわ～」

私は車から降りると、キャンプ道具一式を下ろす。このまま車の中で寝てもいいのだけれど、せっかく来たのに、テントを張らないのはもったいない。

暗闇の中、車のライトを頼りに、さっさとテントを張っていく。一人用のテントに慣れたせいか、だいぶ設営までの時間が短くなった。一人前、とは言わないまでも、そこそこのキャンパーらしくなったんじゃないだろうか。

LEDのランタンをテントの端に下げる。ミニテーブルや折り畳み椅子、蚊取り線香も忘れてはいけない。

「あと、焚火、焚火っ、と」

薪は地元のホームセンターで買ったのが一束ある。これからは、この周辺の木々を間伐していって、薪にしていくしかない。余計なお金をかける余裕はない。

なんとか火が点いて、ホッとする。

周囲を見渡し、空を見上げると、都会では見られない凄い星空が広がっている。

「おおお～」

この空の星座は、あっちと同じものなのか。異世界だけに、別モノなのか。

そんなカッコいいことを考えていたのに、私のお腹は正直なもので、グーッと豪快に音をたてる。

「それよりも、ごはんだ！　ごはん！」

ミニテーブルの上にポケットストーブを載せ、固形燃料に火を点けて、クッカーに水を入れる。

これから料理する気力はないので、カップラーメンだ。

湯が沸くまでに、とクーラーボックスから取り出したのは……缶チューハイ。

「えへへ、ごはんの前に、これ、飲んじゃおう」

腰に手をあて、くぴくぴと飲んで、ぷはーっと息を吐く。

「フフフ、ここが私の住む場所かぁ」

虫の音がチリチリと聞こえてきて、本当にここは異世界なのか、と思えてくる。

お湯がぐつぐついいだしたので火から下ろし、カップラーメンに注ぐ。今日は、味噌味だ。

「フーフー、あちっ」

ずるずると音をたてながら、麺をすする。

外で食べるからか、いつも以上に美味い。

「はぁ～」

仕事からも、面倒な身内や元カレからも解放された。誰からも干渉されない。

――自由だ。

違う意味で苦労もしそうだけれど、今の私は、幸せだと思える。

食事を終えて洗い物をしなくてはと考えて、ふっと思い出した。

「そういえば、トイレとお風呂場！」

それに『収納』のダウンロードもまだだった。

慌ててリュックに入れてあるタブレットを取り出して電源を入れる。周囲の暗さに、画面がいつも以上にぼわっと明るく感じる。

「えと、まず、ダウンロードの前に念のため『タテルクン』を確認っと」

私はアプリを立ち上げ、建物のメニューを見てみる。家で見た時は、名称と必要なポイント数しか表示されていなかったけれど、こっちに来て画面を見てみると、詳細ボタンがついていた。

それを押すと、必要な材料が表示されている。

「なになに、『小屋（床は土）』は木材20本…木材⁉　え、20本って、え、え⁉」

――それって、周囲の木を伐採しなきゃ、駄目ってこと⁉

私が伐採してきたのは、私でも切れる若木だけ。そんな若木じゃ、どう考えても小屋を建てる強度なんかない。

「あ、そうか。『ヒロゲルクン』で『伐採』すればいいのか」

でも、そうなるとKPを使わなくちゃいけないわけで、アプリを使った場合、KPは発生しないから、どんどんKPが減っていく。つまり『タテルクン』で使えるKPもなくなっていくのだ。

「ちょっと……こんなんじゃいつまでたったって、ログハウスなんて無理じゃない……」

がっくりしながら、私は簡易トイレと風呂小屋のほうも『タテルクン』で確認してみた。

そもそも簡易トイレなんて、プラスチックとかで出来ているんじゃなかったか？　そんな素材、こんな山の中でなんて用意できるわけない、と思っていたのだが。

「……え、材料不要？」

なんと、ただ割引してくれているだけではなく、素材を用意しなくてもいいらしい。風呂小屋も同じだ。

「やだー！　イグノス様素敵すぎるっ！」

思わずタブレットを上に掲げて、暗がりで叫ぶ私。

……誰も見てなくてよかった。

「と、とにかく、まずはトイレ、トイレ」

簡易トイレの選択ボタンを押す。

「うおっ⁉　な、なんで目の前に出るのよ！」

テントの真正面に、デデンッと新品の簡易トイレが現れた。

お稲荷様の時は、目の前じゃなく、離れた位置に出てきたのに、なぜだ。

「もう～！　こんなところにトイレは嫌よ。確か、マップみたいなのがあったはず。これで移動とかできないかな」

メニューを探してみると、『地図』を発見。これで設置場所を指定できるようで、今いる開けた場所の地図が現れた。ここの土地は横長の地形になっているようで、車で入ってきた道とは別に、反対側にも道があることを示している。

「まぁ、それは後々調べるとして、トイレを置くなら」

あまり離れすぎず、かといってテントのそばではないところ。

「やっぱり、テントの斜め後ろかな～。臭いはしないと思うけど、目に見えるのは嫌だもんね」

地図にはテントに車、それに簡易トイレも表示されてる。

「で、これを指で移動させたら動かないかな……お！　できた！」

目の前にあった簡易トイレが、若干浮いたかと思ったら、音もなくテントの斜め後ろに移動した。

まるで、ゲームか何かみたい。まさか目の前で、動くのが見えるとは思わなかった。

「あとは風呂小屋ね。これも目の前に出てきそうだから」

設置したい場所の辺りに立って『風呂小屋』を選択すれば、後から移動しないで済むように設置されるのかもしれない。

そう考えたのはアタリだった。

「はー、よかったぁ」

激しく疲れた私は、タブレットを抱えたまま、折り畳みの椅子に座ると、残っていた缶チューハイを飲み干した。

お風呂に入り、Tシャツに短パン姿の私は、いい気分でテントに戻る。あとは寝るだけ、と思ったところで思い出す。

「『収納』アプリ、ダウンロードしてないじゃん！」

簡易トイレと風呂小屋を作っても、まだ１０２０ＫＰ残っている。これなら『収納』アプリもまだいけるはず。

「ぽちっとな」

前から言ってみたかったので呟（つぶや）いてみる。一人だったから、誰も聞いてないし。

すると数秒もしないうちに、タブレットの画面に『収納』とだけ書かれたオレンジ色のアイコンが現れた。

それを軽くタップすると、画面に何やら一覧表が出てきた。

「……うん、まぁ、そうだよね」

一覧表、といいながら、物の名前はいっさいない。からっぽ、ということである。

しかし、そんなことよりも、だ。

画面に表示されている容量、１立方ｍ。

もう一度言おう。１立方ｍ。１ｍ×１ｍ×１ｍだ。

「預けてる荷物、入れられないじゃんっ！」

思わず大声を上げてしまったけれど、許されると思う。

私はもっと容量は増やせないのか、必死にヘルプみたいなのを探してみた。

結論を言えば、増やせる。しかし。

「ここでもＫＰなのかよー！」

――イグノス様、厳しいですっ！　厳しいですよっ！

「もう！　伐採とかじゃ、全然、貯められそうもないじゃん！　他になんか増やす方法とかないの？」

そして、見つけた。

『収納』に入れたものを画面上で選んで『廃棄』を選択すると、物次第でＫＰに還元されるらしいのだ！

「え、じゃあ、さっきのカップラーメンとか」

食べ終えたカップラーメンの容器に触れながら、『収納』を選択してみる。

「おおお」

画像付きで入ってることに感動。その画像に触れると、下に『廃棄』『分解』と選択肢が現れた。ただし、カップラーメンの入れ物は『廃棄』しかできないみたいだ。私が『廃棄』のボタンを押すと。

『５ＫＰ獲得しました』

「……すごい」

もしかして、これでゴミ捨てとか楽になるかもしれない。

「……あー！　粗大ゴミ、あっちで捨てなきゃよかったー！」

それこそ、『収納』で『廃棄』してたら。

「もったいないことしたぁぁぁっ」

頭を抱えてしゃがみ込んだ私は、ふと気が付いた。

「……もしかして、お金も『廃棄』したら」

慌てて財布を取り出して、一円玉を取り出した。十円や百円でないところが、自分でもみみっちい気はするが、念のため、である。

「さて『収納』して……うん、入った。で、『廃棄』は……できないのかぁぁぁぁっ」

その代わり、『分解』だけが利用可能状態になっている。

——これ、金属の状態に戻せるってこと？　一円だとアルミニウムだっけ。

「……アルミニウムにして、何に使うのよ」

それも一円玉じゃ、指先程度の量にしかならない。

……とりあえず、お金はＫＰにはならないってことだけは、理解したのだった。


朝、もぞもぞとテントから外に出てみると、うっすらと靄（もや）がかかっていた。半袖短（はんそで）パンで出てみると、少し空気がひんやりしている。

まだ紅葉するような時期ではないけれど、確実に季節は変わっているのだろう。

「ん、んーんっ」

思い切り伸びをしてみる。

何度かここで寝泊まりしているが、毎回、思うのは、身体が楽だってこと。軽い、と言えばいいだろうか。

「はーっ、空気もうまいっ」

都会のマンション暮らしの時は、朝から怠い日も多かった。あちらに比べたら、娯楽など何もないし、不便ではあるけれど、気持ちのいい朝を迎えられるのは、幸せなことだと思う。

私は風呂小屋に行って、歯を磨いて顔を洗った。水がふんだんに使えるのはありがたい。

そのまま朝食の準備をする。クーラーボックスに入っている生卵とハムを取り出す。

明け方は少し冷えるようになったけれど、昼間はまだ、暑さが残る。ナマモノをずっとクーラーボックスにしまってはおけない。生卵は六個入りのものにしといて正解だった。

「……先々、鶏とか飼えたりしないかな」

――産みたての卵っていうのも、食べてみたいかも。

そんなことを思いながら、火の準備をする。固形燃料も、多めに買ってきてはいるものの、これも薪とかで料理できるようになるほうがいいのかもしれない。

キャンプ道具一式の入っているリュックからスキレットを取り出す。そこに少しだけ油をたらし、ハムに卵を落としてハムエッグを作る。

入れ替わりに、クッカーでお湯を沸かす。スティックタイプのインスタントのコーヒーをステンレスのマグカップに入れた。お湯を入れると、コーヒーのいい匂いが漂ってきた。

コーヒー豆をひいた粉のほうが、匂いも断然違うのだろうけれど、今は手元にはない。それをやったら、きっと贅沢な時間を過ごせるのかもしれない。『違いがわかる○○』みたいに。あ、でもあれもインスタントのコーヒーのＣＭだったっけ。

次に食パンを網で炙って、軽めにトーストする。誰かの動画では、黒こげになっていたのが印象に残っていたので、ジッとパンが焼けるのを見つめる。

「ん、いい感じ」

パンの上に塩コショウを効かせたハムエッグをのせた。

「いただきまーす」

むしゃりとハムの部分を食べる。

「んまいなぁ」

そのままの勢いで黄身のところまでいくと、中央のまだ半熟の部分がとろりと流れ落ちてきた。

「あ、あ、もったいない」

指先についてしまった黄身をぺろりと舐めとり、一気にパンを食べつくした。

コーヒーをこくりと飲んで、再び周囲に目を向ける。

すでに靄は消えて、青空が見える。ぼーっと見上げながら、今日も、まだ暑いんだろうか、と思った瞬間、気付いてしまう。

「……水、どうしよう」

さっきは、2ℓのペットボトルの水を使ったけれど、今持ってきているのは、二本だけ。できるだけ家の荷物を持っていくために、他の荷物は抑えめになってしまった。

それに、水ならすぐに手に入る、と、漠然と思っていたのだ。しかし。

「お風呂場の水を飲むのはねぇ……」

思わず、風呂小屋へと目を向ける。きっと、異世界仕様で飲料水としても使えるかもしれない。

「でも、それはそれ、これはこれ、だよね」

食器を洗ったり、洗濯したりはできても、飲むのは躊躇してしまう。

「あ、『タテルクン』で、なんかないかなぁ」

ミニテーブルに、マグカップを置いて、テントの中に置きっぱなしにしていたタブレットを手に取る。

いざアプリを立ち上げてみると、色んな建築物や構造物がリストには表示されている。その中に水に関するものは『井戸』しかなかった。

しかし、現代社会に馴染んでいる私に『井戸』は厳しい。

そもそも、その『井戸』を作るためにも、５００ＫＰは必要で、当然、素材も集めないといけない。素材名に『石』・『木材』・『縄』とある。これ、バケツで水をくみ上げるタイプなんだろうか。

「この異世界って、どんな文明レベルなのよ。風呂小屋では、ちゃんとお湯と水、別々で出てくるのに。はぁ～。ほんと、優しいようで優しくないよね」

思いっきりため息をついた私は、スキレットやクッカーなどの洗い物をまとめて持つと、風呂小屋へと持っていく。

食器の類を風呂小屋で洗うっていうのも、やっぱり違うよなぁ、と思う。それこそ、井戸があれば井戸端で洗ったりするんだろうか。

「まぁ、優先順位は、まずは飲み水かな」

洗い物を終えて、ジーパンに穿き替えると、キャンプ場の管理小屋に車で向かう。さすがにムチムチした短パン姿をさらす勇気はない。それに、ついでにそのまま買い物に行くつもりなのだ。

「おはようございます」

「あ、望月様、おはようございます」

新聞を読んでいた稲荷さんが、小屋に入ってきた私の方へと目を向けた。

「あの、ちょっと、ご相談がありまして」

私は水の確保について相談した。

「なるほど。ん～、確か山の中に湧き水が湧いている場所があったと思うんですけど」

「湧き水？」

「ええ。確か、あの開けた場所の西側のはずれに、獣道みたいなのがあるんですが……」

「獣道ですか？」

そういえば『タテルクン』のマップで見た時に、道っぽいのがあった気がする。

「望月様、タブレットはお持ちですか」

「あ、車の中に」

「じゃあ、私のでいいか」

そういうと、稲荷さんは自分のタブレットを出してきて『ヒロゲルクン』を立ち上げた。

「マップを開いて……これ、あの開けた場所なの、わかります？」

私のマップと同じようにテントや簡易トイレ、風呂小屋があるのがわかるので、うんうんと頷く。

「で、ここ、この道なんですけどね」

稲荷さんが指さしたのは昨夜、トイレを移動させる時に気が付いた道だ。

「この道の先なんですが」

そういうと、マップの縮尺が小さくなっていき、山の全体が現れた。

この山には頂上らしきものが二つある。所謂、フタコブラクダみたいな感じだろうか。それのお尻辺りに、今のキャンプ地点がある。そこから、細い道が山の中を抜けてどこかに繋がっているらしい。

「これの先って」

「一応、とある国の村や町に繋がってますよ」

「ほう……」

「まぁ、ここまで来る人間は滅多にいませんけどね」

その言葉に、若干の不安を覚える。

そういえば、獣の類もいると言ってたっけ。あの場所には来ないようにしてあるとか、なんとか。

「で、湧き水なんですけど」

そう言ってアプリのメニューを開くと、私が見たことのない何種類かの項目が現れ、その中の一つを押した。

「うん、やっぱり……ここが一番近いかな」

彼が示したのは、こぶとこぶの間の少し上辺りの、道が繋がっていない場所だった。

「ちょっと……遠くないですか？」

――道なき道を行けと。

縮尺がいまいちわからないのだけれど、ちょっとそこまで、な距離ではない気がする。だって、あのキャンプ地の何倍もの長さになりそうなのだ。道があったとしても、歩いて行くのは無理じゃないだろうか。

「うん？　ああ、そうだねぇ。でも『ヒロゲルクン』使えば」

「もうポイントないんですっ」

「お、おお……じゃあ、頑張れとしか言いようがないなぁ」

稲荷さんも非情だ。

そこは神様パワーでなんとかしてくれればいいのに、手伝いナシ。

「マジかぁ」

思わず、その場に膝から崩れ落ちる。

自力で草刈りしてポイントを稼ぐしかないとなると、いつになったら水が飲めるようになるんだろうか。

朝から気分よかったのに、がっくりである。

「あ、でも、でも、普通に水が欲しいんだったら、うちの水道の水入れてけばいいんじゃない？」

「はっ⁉」

稲荷さんの言葉に、目からうろこ。

言われてみれば、稲荷さんのキャンプ場には水道が通ってた。

「え、でも」

「まぁ、名水で有名な山が近くにありますしね」

「異世界の水は？」

「うーん？　どうなんだろう。まぁ、あの山の水なら大丈夫じゃない？」

その根拠は何なのだろう？

ここの水道水を使うにしても、一度、煮沸したほうがいいのかもしれないけど。

「頑張って湧き水取りに行くか、ここの水道水使うか、どちらでも」

にっこり笑う稲荷さんが、憎たらしく見えたのは言うまでもない。

「まぁ、早いところ、ログハウス、それもトイレ・お風呂付きのを建てるのが無難じゃないでしょうか」

「え？」

「あれには水道ついてるし」

「なんですって⁉」

「あ、電気は通ってないから、家電製品は無理ですよ？（基本、魔力ですしね）」

少しだけ期待した。うん、少しだけ。

「はぁ……どっちにしても山のメンテナンスをしないといけないわけだし、その湧き水の所まで頑張って草刈りするかなぁ」

しかし、手で草刈りしていたら冬になりそうだ。

――電動の草刈機、買うか。

そうなると、やっぱり電気が必要なわけで、本当に、電気で生活してきたんだなぁ、とつくづく思う。

「わかりました。水道って、あのキャンプ場の水場のところのですよね」

「そうそう」

とりあえず稲荷さんの許可はもらえたし、しばらくはここに水汲みにくるしかない。大きめのポリタンク（蛇口付き）でも買ってきたほうがいいだろう。

その上で、あの獣道も使える道にしたほうがよさそうだ。

私は稲荷さんに礼を言うと、気を取り直して、管理小屋を出る。

「まずは、役所に行ってから、ホームセンターかな」

車に乗り込むと、カーナビで役所と最寄りのホームセンターを探すことにした。

役所に行って無事に届けを出し終えた後、ホームセンターに寄ったら、ほぼ一日そこで過ごしてしまった。

買い物ついでに買い食いも忘れない。大きな焼鳥を頬張り（ほおば）ながら、ビール飲みたい、とか思ってしまった（車で来ているから、当然、飲めなかった）。

キャンプ地に戻ってきた頃には日が落ちていて、慌ててLEDのランタンを点けた。

ホームセンターには、自分で使える・使えないは別に、面白（おもしろ）そうな道具がいっぱいあった。あれもこれもと欲しくなったけれど、お金にそんな余裕があるわけでもない。

「でも、初期投資は大事だしね」

そう言い訳して、色々買いあさってしまった。

テントの前に、グリーンのビニールシートを広げて戦利品を並べていく。

まずは、蛇口付きのポリタンクを二つ。2ℓのペットボトルも箱買いしてきたけれど、これを使い切ったら、キャンプ場で水を汲んでくるつもり。

それと、工具セット。今までの生活じゃ、100均で買った小型のドライバーのセットくらいしか持ってなかったけれど、そもそも、ここじゃ使い道がない。

それに、小型の電動ノコギリ。先々、DIYをするようになったら使いたい。大きいノコギリで木を切るのも考えなかったわけではないけれど、それこそ『ヒロゲルクン』を利用するほうが現実的な気がしたのだ。

……いつになったら使えるかはわからないけど。

そして元々買うつもりだった電動の草刈り機。

それに、ちょっとお高かったけれど、充電するためのポータブル電源も。車からでも充電できるんだけど……。

「買っちゃったんだよねぇ。ソーラーパネル」

ソーラーパネルといっても、家の屋根につけるようなものじゃない。

折り畳んで持ち運べるタイプで、キャンプでよく使われるっていうヤツを買ってみた。天気が悪い日にはしまえるわけだし、劣化も抑えられるんじゃないかと期待している。

「まぁ、大型冷蔵庫みたいなのは使えないだろうけど」

そもそも、まだ、そんなのを置ける場所はない。ポータブルの冷蔵庫も売っていたけれど、所詮、キャンプで使うだけの少量しか入れておけないから、保留にした。

「それと、これこれ」

５００㎖のペットボトルが入りそうな大きさの箱の中には、ソーラーガーデンライト。細長い杭のようなタイプのものが12本入り。

夜になると、テントの周囲しか明かりがないものだから、トイレに行くのが怖かったのだ。ＬＥＤのランタンを手に持ってしまうと、真っ暗になって戻る先がわからない。月明かりがあればマシだけど、曇りや月が出ていなかったら最悪だ。

「明日さっそくぶっ挿してみよう～」

他にも、買いたいものはいくらでもあったけれど、銀行の残高を考えるとシビアにもなる。とりあえず、全部カードで買ってしまった。

今まで、車や山と、それなりの金額のものを買ってはいるけれど、目の前に山と積まれた物量を見ると、金を使ってしまった、という実感が湧いてちょっとだけ不安になった。


翌朝、すっきり晴れた空に、いいことがありそうな気分になる。

朝食は定番になっているハムエッグサンドにコーヒー。野菜不足が気になるところだけど、生野菜はなかなか厳しい。それに、まだ日中は暑いから、カレーみたいなものを作り置きもできないのが難点だ。

今日は手持ちのインスタント類で凌(しの)いで、昨日行けなかったスーパーには、明日にでも買い物に行ってこよう。

「何せ、今日はやりたいことあるしね」

ソーラーガーデンライトをぶっ挿す……。

「違う、違う、まずは充電、充電」

ソーラーガーデンライトもやりたいけれど、その前に、ポータブル電源を充電せねば。電動の草刈り機も充電しないといけないから、時間がかかりそうだ。

「ほんとは管理小屋で充電させてもらいたいところだけど……さすがにね」

電気代払うからって言えば、充電させてもらえるだろうか、とも考えたけれど、せっかくの山の生活なんだし、自力でなんとかせねば、と思う。

食事を終えて、諸々朝の準備を終える頃には、すっかり太陽の光が、開けた場所全体をさんさんと照らしてる。

「よーし、まずは、っと」

車に戻しておいた折り畳みのソーラーパネルを出して、ポータブル電源に繋げる。どのくらいの時間で充電が終わるのか、説明書を読んでみると、けっこうかかりそう。

「じゃあ、その間にライト、ライト」

箱の中には12本しかない。

この土地はそれなりに広いので、全部挿したとしても、きっとぼんやりとした明かりにしかならないだろう。

「とりあえず、入り口のところに二本と」

この土地の入り口、車が入ってくる場所に二本。本当は街灯のようなものがあったほうがいいけれど、とりあえず、これで代用。真っ暗闇の中を走るのって、本当に疲れる。

「あとは、トイレの前に二本と……あとは雑木林との境目かな」

残りは八本しかないので、テントから見える正面の際辺りに、だいたい3mくらいの間隔で挿していく。さすがに、一番遠いところまでは無理だけど、これくらいだったらいいだろうか。

「うーん、できれば柵みたいなのも出来たらいいなぁ……『タテルクン』で出来そうだけど、素材を集めないとだし……電動ノコギリの活躍に期待かな」

そのためにも充電しないと意味がないんだけど、まだまだ時間はかかりそうだ。

「それじゃ、あっちの道の入り口の草刈りでもしますか」

引っ越す直前に購入しておいた草刈り鎌と軍手を、車のトランクから探し出した。それと、腰には蚊取り線香。草があるところには、蚊は絶対いる！

「うん？　ちょっと日差しが強いかも……麦わら帽子は……と」

帽子をかぶり、鎌を片手にした私。タブレットで場所は確認済み。

「いざ、出陣～」

草ぼうぼうの、道とは思えない場所へと向かう。

入り口こそ、細いながらも道の跡くらいはわかった。だけど、少し進んだだけで、獣すら通ったことがないんじゃないか、というくらい背の高い草が生えている。

とりあえず、車で入れるくらいの幅にはしないと、と思い、横幅を広げるつもりで草を刈っていく。

「暑っ」

額の汗を拭って、腰を伸ばす。

背後を振り返って見ると、ほとんど進んでいない。

「……少し、休もう」

私はテントまで戻ると、鎌をテントの中に置いて折り畳みの椅子に座る。

ちょうど日が陰ったのか、涼しい風に気分が軽くなる。箱から出しておいたペットボトルから、水をマグカップに注ぐ。温いけど、これは仕方ない。

「はぁ……いつになったら、湧き水のところまで行けるのやら」

テントに置いてあるタブレットの電源を入れ、『ヒロゲルクン』のマップで確認する。

「あら。道幅が広がってる?」

細い道として表示されていた獣道だったけれど、途中まで（画面のサイズで言えば、2㎝くらい?）幅が広がって見えた。しかし、目的地である湧き水までは、まだまだ遠い。

「まだこんなにあるの〜」

うんざりしながらアプリを閉じる。

ふと、画面の『収納』アプリに小さく赤い点が明滅しているのに気が付いた。なんだろう、と思い、タップすると。

「げ。何、満杯⁉」

慌てて確認すると、『草』と『枝』で満杯になっていた。

自分で収納に入れた記憶はない。慌てて、『草』の『廃棄』を選ぶ。量がたいしたことがなかったからか、得られたＫＰは合わせても10ＫＰにしかならなかった。

「うーん、予想よりも少ない」

カップラーメンのカップ一個で５ＫＰなのに。

「これって、自動で収納しちゃってるってこと？」

どこかに設定とかあるんだろうか、と探したけれど、見つけられない。仕方ないので、この件はそのままにして、ポータブル電源の充電の状態をチェックする。まぁ、たかだか一時間程度じゃ半分もできてないよね、と思っていたんだが。

「え、もう満杯⁉」

天気は確かにいいけれど、そんなに早く充電が終わるものなのだろうか。

「いや、まぁ、それならそれで、草刈り機も充電できるし」

不審に思いながらも、車の後部座席から草刈り機を取り出し、充電のために配線を繋ぐ。

その間に、お昼でも食べてしまおう。

「あー、これからしっかり作る気は起きないわ……やっぱりラーメンかなぁ」

今回はカップラーメンじゃない。袋麺だ。

私が好きなのは塩ラーメン。家のキッチンだったら野菜炒めをスープで煮たりもするんだけど、今は生野菜がない。なので、生卵と乾燥ワカメを入れる。

「ここで畑をやるのもありなのかなぁ……まぁ、もう秋になるし……これからだと何が育てられるんだろ？」

クッカーで作ったラーメンをずるずるっとすすりながら、目の前に広がる土地に目を向ける。ここではネットが繋がらないから、調べようがない。また買い出しに行った時にでも、調べるか。

「……鶏とかヤギとか飼って、草、食べてもらったほうが早そうだなぁ……」

いつになるかわからないし、そもそも飼えるかも怪しい。

クッカーを洗い終えて、もう一度、草刈りに行くか、と腰を上げた。草刈り機の充電はまだだろうし、と思っていたのだけれど。

「え⁉」

すでに充電は終わっていた。

「これも異世界仕様⁉」

慌てて梱包してあった箱に入っていた説明書をつかむ。裏、表、と見るけど、どう見たって、普通にあっちの商品だ。

草刈り機の電源を入れると、普通にキューンという音をたてながら動きだした。

「ちゃんと動く……ならいいのか？」

自分でも納得はいかないけれど、それよりさっさと草刈りが進むなら、とさっそく草刈り途中の道へと向かう。

行ってみると、入り口付近に切った草や枝が無い。前に来た時は、翌日には消えていたけれど、それでもしばらくは残っていた。自分では刈った草をその場に放っておいたつもりだったけど、どうやら自動で『収納』していたらしい。少し進むと、入りきらなかった草が残っていた。

獣道のそばの石の上に、タブレットを置きっぱなしにしてゴミ集めをする。

「せっかくなら『収納』して……『収納』、『収納』、『収納』……うん、いっぱいになってる」

目算でこれくらいか、と思ってタブレットを確認すれば、すでに満杯。

すぐにいっぱいになってしまうのは玉に瑕（きず）だけど、ＫＰに変えられるなら、どんどん『収納』してしまうにこしたことはない。

ほぼ草が無くなったようなので、やっと草刈機の登場だ。

「よーし、どれくらい勢いよく切れるかなぁ？」

キュイーンという起動音とともに、草刈機を構える。

それを左右に揺らすように動かせば、ザッザザッと、気持ちいいくらいに草が刈られ消えていく。

「おお、早い、早い～！」

ヤバい。気持ちいい。

自力で鎌をふるっていたあの時間は、なんだったのだ。

「それより、早いとこ、『収納』をレベルアップしちゃいたいわ」

そう。『収納』は、レベルアップもKPでできるのだ。

そして、レベルアップすることで容量が増える。ログハウスのための素材を集めることを考えたら、容量を大きくしておきたい。必要となる木材の数はバカにならない。

それに、もし、『ヒロゲルクン』で『伐採』した時、自動で『収納』されなかったら、目の前に大きな木材が置きっぱなし状態になってしまう。

さすがに自力で運ぶ自信はないし、最終的には、材木置き場みたいなのも用意しないと駄目だろう。

木々の間に、草刈り機の音だけが響いていく。それからは無心で草を刈っていった。

＊＊＊＊＊

五月が草を刈っている間。

彼女の背後、開けた場所にいくつもの光る小さな玉のようなものが、ふよふよと浮かんでいる。

『みんな、ひかりのちから、つめおえた？』

『とうぜん～』

『おい、あっちのはしのほうが、まだだ！』

『さっき、いとしごさまが、つかっちゃったから、こっちはけっこうがらがらよ』

彼らは光の精霊たち。五月の手伝いをしたくて、ソーラーパネルやガーデンライトに自分たちの力を込めたのだ。だから予定の時間よりも早く充電が終わっていたのだ。

それと同時に、地味に彼らの存在もＫＰに加算されている。

『いとしごさま、他にてつだうことない？』

『わたしたち、まだまだやれるわよ？』

しかし、彼らの言葉は届かないし、姿も見えない。

それでも彼らは楽し気に、五月の周りを飛び回り続けた。

＊　＊　＊　＊　＊

草刈機を導入した途端、草刈りが一気に進んだ。さすが電動。パワーとスピード、万々歳だ。

なんとか湧き水のある場所の近くまで道を通すことができたけど、それでも四日ほどかかってしまった。

横幅はなんとか軽自動車が通れるほどだろうか。

「……手持ちで10ℓのポリタンクは無理でしょ」

歩くと20分くらいかかりそうな距離。ここからじゃ、キャンプ地が草の陰になって見えない。

元々、車で往復できればと思っていたものの、Ｕターンができないなら、バックするしかない。

しかし残念ながら自分の運転スキルは、あまり上手（うま）いとは言えない。

汗を拭きながら周囲を見渡す。

道の右手が上に登っていくような傾斜になっていて、斜面のあちこちに岩がむき出しになっている。この上に湧き水があるようだ。一方の左手は、木々が多く生えていて、緩やかに下っている。

刈った草の量が多かったおかげなのか、気が付いたら7000KP近く貯まっていた。

そこで『収納』のスペースをワンランク広げるバージョンアップをすることにした。使ったKPは、5000KP。これで、容量は3m×3m×3m。微妙な広さではあるが、これでそこそこの大きさの物も収納できるはずだ。『収納』で軽自動車が出し入れできたら、往復がだいぶ楽になるのだけれど、まだまだそんな空きスペースはない。

まだ少しKPが残っていたので、湧き水周辺の作業に、『ヒロゲルクン』の機能を使うことにした。

この四日間の作業の間に、『ヒロゲルクン』のレベルが3まで上がっていた。おかげで、使えるメニューが増えていたのだ。新たなメニューには『地固め』『盛土』『切土』。なんとなく字面で、こうかなぁ、という予想はできた。

「さて、やってみようか」

最初は斜面にある大きな石、むしろ岩と言ってもいいかもしれないが、それを使って石段が作れないかと思った。だけど、万が一、それを『収納』してしまったら、斜面が崩れる可能性もありそうなことに気づいてしまった。

仕方がないので、まずは岩のない地面の剝き出しの斜面の土を利用することにして、新たなメニューを試行錯誤。なんとか、奥行き広めの小石混じりの土の階段が出来上がっていく。

草刈りを終えてから三日、湧き水の所までは、なんとか土の階段が出来上がった。

トータル約一週間でここまでできたのは、異世界仕様のおかげだろう。

「岩の割れ目から染み出ているとはね」

染み出た水滴が、岩の先端からポツリポツリと垂れている。受け皿のようになっている石は、長い年月をかけて水滴が落ちることによって擦り減ったんだろう。

そこから溢れた水はまた地面の中に浸み込んでいるようで、山の麓辺りではもしかしたら地上に現れて川にでもなっていたりして、なんて。

そんな風景を想像しながら、私はポリタンクを取りにキャンプ地に戻るために、階段をゆっくり下りていく。

＊　＊　＊　＊

湧き水の周囲には、青みを帯びた光の玉がいくつも飛び回っていた。

『なぁなぁ、あれがいとしごさまか？』

『そうよ！』

白っぽい光の玉が元気よく返事をする。

『いいなぁ、いいなぁ、あのあま〜い、におい』

『いいでしょ、あっちにいけばずっとそばにいられるのよ』

『でも、あっちにはみずばはないだろう？』

『そうねぇ……だったら、あっちにもみずがでるようにしてあげたら？』

『なるほど！　じいさん、ぼくら、あっちにいってみてもいい？』

『わしは、ここを守るから行けんが……迷惑にならんようにな』

一際大きく青い光の玉が、老人のしわがれた声で答える。

『だいじょうぶさぁ』

『うれしい～』

きゃぁきゃぁと楽し気な精霊たちの喜びの声が、山の中に響いていく。

＊　＊　＊　＊

草刈りにかまけて、気が付いたら食料のストックがほとんどなくなっていた。

それに、管理小屋に行くのを面倒臭がったせいで、ポリタンクも空っぽ。ストックしていたペットボトルの水も使い切ってしまっていた。

「一応、水場にポリタンク一個だけ置いてきたけど、すぐには溜まらないだろうし」

あの水滴では、一日でどれくらい溜まるやら。

「もう一個、ポリタンク買っておこう。それにペットボトルも多めにだな」

何があるかわからないから、食料も買い溜めしておかないとダメだろう。やっぱり自給自足で畑もやるべきだろうか。

それと、肉や魚といったものは、冷蔵庫がないと保存できないのが難点だ。

「今は買ってきても、車に載せっぱなしか、外に置きっぱなしだもんなぁ」

テントの生活には慣れてはきたけれど、せめて荷物を置くための屋根付きの小屋があったほうがいいかもしれない。

草刈りで『収納』に溜まった枝は『廃棄』せずに、乾燥させて炊きつけに使おうとキャンプ地の端っこに山積みにしている。これも雨でも降ったら、乾燥させた意味がなくなる。

でも、ＫＰは水場確保にほとんど使ってしまった。

「また地道に貯めるしかないんだろうけどね」

少しうんざりした気分になりながら、私は車に乗り込んだ。

トンネルを抜け、キャンプ場も抜けると、田んぼの中の田舎道を走る。

大きな国道まで来ると、点々と大きなホームセンターやスーパーが見えてくる。この風景を見ると、ほんとに自分、異世界で生活してるんだろうか、と思ってしまう。

最近行きつけになっているスーパーの駐車場に車を止める。

「なんだか雲行きが怪しいなぁ」

運転席から見上げる空は、どんより曇っている。このまま雨でも降りそうだ。

慌ててスマホで天気情報を調べる。こっちの世界に来ないと、そんなことにも意識がいかなくなるとは（ちなみに、スマホはポータブル電源で充電できた。すばらしい）。

「え、まさかの台風？」

すでに十月に入っていて、そんな季節でもない、と思ったのだけれど、まだまだ遅れてやってくるのがいるらしい。

それも、だいぶ大きいらしく、すでに警報が出ているところもある。

「早いところ戻って、テントを片付けないと……管理小屋に避難させてもらえるかなぁ」

暴風雨の中テントで過ごすなんて、ずぶ濡れになるのが目に見えてる。

買い物を終えた軽自動車は荷物でぎゅうぎゅうで、思いのほかハンドルが重い。すでにポツポツと雨が降りだしてきて、路面も濡れている。

「こんなところで事故るとか、嫌よぉ」

そう自分に言い聞かせながら、キャンプ場に到着する。

さすがに台風の予報が出ているせいか、キャンプ場も閑散としていた。むしろ、行きに気付かなかった自分の鈍感さに、我ながら呆れる。

念のために管理小屋に顔を出すと、そこには稲荷さんしかいなかった。

「おや、久しぶりですね」

「は、はい。あの台風が来るらしいって聞いたんですけど」

「そうみたいだねぇ」

「台風が過ぎるまで、ここに避難させてもらえませんか」

「うん？」

「いや、だから台風来るって」

「うん、来るけど……あっちも天気悪いんですか？」

「え？」

「いや、こっちに台風来たとしても、あっちは関係ないよ？」

「……はい？」

呆然とする私。

「……まぁ、少し、落ち着こうか？」

稲荷さんがにっこり微笑（ほほえ）んだかと思うと、私を残して、その場を離れた。

「え、え、あれ？」

外の雨音が、やけに耳につく。

しばらくして、稲荷さんがお茶と煎餅（せんべい）を持って戻ってきた。

「そこにどうぞ」

カウンター脇にある小さなテーブルにある椅子を勧められ、素直に座る。

「けっこう降ってきましたねぇ」

そう言われて、窓の外に目を向ける。土砂降りまではいっていないけれど、けっこうな雨には
なっている。

「まぁ、あちらとはほとんど天気も気候も似たようなものですから、勘違いされるのもわからなくはないですけどね」

バリリッと煎餅を齧る音が響く。

稲荷さんが言うには、あちらは、こちら同様に四季はあるものの、極端な寒暖差はないらしい。そうは言っても、雨は降るし、冬には雪も降る。しかし、台風は来ないらしい。ハリケーンも、サイクロンもない。

そして世界が異なるのだから、天気も違う。落ち着いて考えれば、当然のことだ。慌てすぎな自分に、ため息が出る。

「滅多にはありませんが、過去には、精霊を怒らせるアホのせいで、とんでもない嵐や日照りが起きたこともあったそうですよ。そういえば、竜巻は、風の魔法で作れましたねぇ。自然発生もあるにはありますが」

「え?」

「最近はそんな話は聞かないようですから大丈夫でしょう」

「今、魔法って言いました?」

「言いましたよ」

まぁ、タブレット自体、魔法みたいなものだし? そういや、私には魔力はないって言ってたような。いや、しかし、それよりも。

「精霊って言いました?」

「言いましたよ」

「……いるんですか、そういうの」

「いますよぉ。いや、だいたい、神様いるんだし、いて当然というか」

「……ああ、そうでしたね」

すっかり忘れていたけど、目の前にいるのも、神様だった。

「まだ見たことなかったんで……そうかぁ、いるのかぁ」

とりあえず、あっちの天気に、こっちの天気は関係ないことが知れて安心した。

それでも雨は降り、冬には雪になる可能性もあるのなら、それに備えないとマズイだろう。

「じゃあ、雨がこれ以上酷くなる前に戻ります」

「そうですね。あ、そうだ」

再びその場を離れた稲荷さんが手にして戻ってきたのは、掌より少し大きいくらいの肉の塊がいくつか。

「真空パックしてあるから、少しは持つとは思いますが、早めに召し上がってください」

「これって？」

「先日、猟友会の知り合いから譲っていただいた鹿肉と猪肉です」

——おお。ジビエだ。

食べたことはないけれど、テレビや動画で見たことはある。そういえば、キャンプ用にと買った、ちょっとお高い調味料、使ってみてもいいかもしれない。

「あ、ありがとうございます」

素直に受け取ると、車の助手席に置く。

そうだ、水を汲んでおかなきゃ。ポリタンクを一個取り出して、水場へと行く。水道の水の勢いのよさに、あの水滴じゃまだ溜まってないよなぁ、と遠い目になる。

車に戻ってみると、稲荷さんから、ついでにこれも、となんだか色んな種類の煎餅を渡されてしまった。嫌いじゃないから、単純に嬉しい。そういえば、緑茶ってあっただろうか。

雨のキャンプ場の中を、トンネルに向かってゆっくりと車を動かし始めた。

翌日、空は見事に晴れ渡っている。

「ほんと、天気って違うのねぇ」

ぼけぇっとしながら空を見上げ、大あくび。

恐らく今頃、あちらは台風直撃のはずなのだが、こっちはその気配などまったくない。不思議だなぁ、と思いながら、思い切り背伸びをする。

さて、朝食を準備しなくては、と車の後ろのドアを開ける。

昨日戻ってきてから、食料品だけを残して、全部外に出しておいたのだ。さすがに生ものはクーラーボックスに入れておいた。

不思議なことに、このクーラーボックス、すでに保冷剤が溶けきっているのに、少しだけひんやりしたまま。こういうものなのかなぁ、と疑問に思ったけれど、もしかしたらこれも異世界仕様なのかもしれない。

今日も朝は目玉焼き。それに昨日食べきれなかった鹿肉。

昨夜は少し厚切りにして食べてみた。アレもアレで美味しかったけど、さすがに朝から塊では無理なので、薄くスライスしたのを二枚焼いた。高級調味料をふりかけて、スキレットで焼き、食パンを皿代わりに肉と目玉焼きをのせてみた。調味料のおかげもあるかもしれないけど、想像していたのよりも癖がなく、ぺろりと食べてしまった。

「やっぱり葉物野菜、食べたいよなぁ」

インスタントのコーヒーを片手に、つい呟く。

コーヒーを入れたお湯は、今朝、あの湧き水から汲んできた水だ。

朝のお散歩がてら、どうなっているか様子を見に行ったら、すでにポリタンクから溢れてしまっていて、『収納』するために、慌ててタブレットを取りに戻ったのだ（手持ちで運ぶのは絶対無理！）。

一応、沸騰させているから大丈夫だとは思うのだが、念のため浄水器を用意したほうがいいかもしれない。確か、某テレビ番組で、大きな樽を使った浄水装置を作っていたはず。あれに似たようなものをペットボトルとかで作れないだろうか。

「台風が落ち着いた頃にでも、あっちに行って調べてみよう」

生水でお腹壊したら、ここじゃ、誰も助けてくれないだろう……怖すぎる。

今日は天気もいいので、少し生地が厚めのジーンズなどのズボン類を洗濯しよう。Tシャツは下着とかと一緒に、お風呂に入っている時に洗ってしまえるのだけど、こういう厚手の物が簡単じゃないから困る。

一回だけ、管理小屋の洗濯機をお借りしたけれど、毎回借りるのも、申し訳ない。何より、たまに来るというバイトの男の子たちの不審気な目が、居心地悪かった。

「物干しも欲しいよなぁ」

今は、テントロープを使って、木と木の間に渡して、折り畳みのハンガーと小さなピンチハンガーで干しているけど、しっかりした物干し竿のほうが、重いのも干せる。特にジーンズなんて、水で重くなるのが目に見える。

「ポータブル電源なんてのもあるんだし、洗濯機もポータブルなのってないのかしら」

風呂小屋で汗だくになりながら、濡れたジーンズを手にして、げんなりする私。

マンション暮らしで洗濯機を使っていた頃には、こんな風に洗濯板を使うことになるとは思いもしなかった。

頑張ってジーンズを絞ったけど……うん、見事に水滴垂れている。

びしょびしょの洗濯物は、テントから少し離れた背後の、ちょうど日当たりバッチリな場所に干している。テントロープはかなりしなっているけど、うん、仕方ない、仕方ないね。

「よーし、干し終わった」

折り畳みバケツの中の残った水を、山の斜面にある林の中へと捨てて、戻ろうとした時。

「ん？」

視界の端で、キラッと何かが光った。

湧き水に向かう道のある方の山側に目を向ける。なんかキラキラして……濡れている？　いや、水たまりが出来ている？

「……昨夜、雨降ってなかったよね」

そもそも、テント周辺の地面は乾いている。水たまりの近くに寄ってみると……なんと、ぷくぷくと水が湧き出ていた。

「ちょ、ちょっと、このままじゃテントのとこまで水来ちゃうんじゃ！……え、どうしたらいいの⁉」

慌てて車に戻り、スコップを探し出す。車内の壁際に横倒しに入れておいたそれを見つけ出すと、再び、水が出ている辺りに戻る。

「とりあえず、この周辺だけ掘り起こして……んしょっと」

なんとか直径1mくらいの円形に穴を掘った。池、というには小さすぎるか。深さはせいぜい30㎝あるかないか。あっという間に水でいっぱいになってしまう。

慌てて、下っている斜面の側へと水が流れるように、少しだけ地面を掘り返す。水路、というにはおこがましいけれど、幅は私の足のサイズ（24㎝）より少し大きいくらい。

「それにしても、なんで、こんなとこから急に水が出るかな」

水量はそんなに増えてないようで、水路に流れるようになってからは、この池からは溢れてはいない。

「これ……さすがに飲み水にはできないよねぇ」

どう見ても今の泥水状態では、飲みたいとは思えない。落ち着いてくれれば違うのかもしれないが、せいぜい、畑でも始めた時の水撒き用だろうか。

それにしても、池のまわりは泥でぐちゃぐちゃだし、もうちょっと見かけをよくしたいかも？

水路にしても、せめて石とかで補強しておきたいところだ。

ジーッと全体を見ていて気が付いた。

「あ、あれじゃ車が通れないじゃない」

この先、車で向こう側に行くようになった時に、水路が邪魔になる。車が通るたびにバシャバシャやってたら、水路なんてすぐに壊れるし、車だって汚れてしまう。

こうなったら、板でも渡して簡易の橋を作らないと駄目かもしれない。

どうしたものか、と、水路の水を眺めながら考え込む。

——分厚い板を渡すとか。薄っぺらいのだったら車が通っただけで折れてしまいそう。

——むしろ、石を板状にしたものを渡すとか？

大きな石といえば、湧き水のそばの斜面にあったのが頭に浮かぶけれど、ちょっと危なそうだし、そもそも厚みがありすぎて、車のタイヤが乗り上げられないだろう。

やっぱり、周囲にある木材が妥当なのかな。

「排水溝みたいにU字溝にして金属の蓋でもすれば……そうか、そうだよね」

自分の呟きにハッとする。

——普通にホームセンターに行って買ってくればいいじゃない。

無理やりここの素材で作ろうとしなくたっていいんだ。

「ついつい、目の前にある素材でなんとかしなきゃって気持ちになっちゃうのよね」

苦笑いしながら、もう一度水路を見る。

どうせなら、あの池の周囲も、土でせき止めるのではなく、レンガとかで囲ってもいいかも。そうすれば、ちょっとは洒落たものになるはず。そうなるとU字溝の色味も考えないと。私のイメージだとU字溝は白なのだが。

「まぁ、今は考えても仕方がないか」

何せ、向こうは台風中。買い出しには行けないいし、水のストックもそれなりにある。急いで湧き水を取りに行く必要もない。

とりあえず、万が一、増水しても溢れないように、掘り返していた土（自動収納されていた）を使って、池と水路に盛り土をしておくことにした（KPは使わない。自力で頑張った）。

泥だらけ、汗だらけになってしまったので、サクッと汗を流しに風呂小屋へ。

朝風呂ならぬ、昼風呂に、のどかな気分になる。小さな窓を開けると、涼しい風とともに自然の緑の匂いが漂ってくる。

「そういえば、テント裏の伐採、どうしようか」

山の斜面に沿って段々と大きな木々が生えている。浅い部分の若木はけっこう伐採してしまった気がする。そろそろ、もうちょっと太い木も伐採しておきたいところだ。

確か、里山、だっけ。そういう環境を作っておいたほうが野生の動物が生活圏にはやってこないと聞いた気がする。

そういえば、キャンプ地には野生の生き物たちが来ないようにしてくれていると、イグノス様たちは言っていたけれど、あの湧き水までの道は大丈夫だったんだろうか。道作りの間は、草刈機の音が響いていたから、寄ってこなかったのかもしれないが、少しだけ不安になる。

すっきりした私は、Tシャツに七分丈のパンツに着替えて、外に出る。

「今日はもう一仕事したし」

お茶をいれようと、ポリタンクからクッカーに水を入れて、火にかけた。

「いつまでも、固形燃料ってわけにもいかないよなぁ」

早いところ、ログハウスを作りたいんだけれど、やっぱり素材集めが厳しい。

稲荷さんからもらった煎餅の入っている袋を手に取り、ついでにタブレットも抱えて、折り畳み椅子に座る。

バリリッと、小気味いい音が響く。醤油の味が染みていて美味い。

「ん～んん～♪」

適当な鼻歌を歌いながら、タブレットの電源を入れる。

——これ、ほんとに充電不要なのね。

こっちに来てから、一度も充電していないのに、電源が落ちていない。どういう仕組みになっているのかわからないけれど、なんか凄い。

すると、前に『収納』のダウンロードが可能になった時の通知と同じく、画面上のバーにメールのようなアイコンが点滅している。

「今度は何かな」

アイコンをタップする。

「うん？『鑑定』アプリ？　もしかして、あのファンタジーな世界のアレ？」

ダウンロードに必要なのは２０００ＫＰ。でも、『収納』のレベルアップやこの前の湧き水のところで、ほぼ使い切っているはずだから、ダウンロードも何もできないはずだ。

確認のために『ヒロゲルクン』を開いて、ＫＰの残高を確認してみた。

――なんで、１万ＫＰ超えてるの？

ゴミを『収納』で捨てても、大した数値にならなかったのに。

もしかして、さっきの池を作ったから？　いやいや、それにしたって、極端でしょ。

「あー、もしかして、またイグノス様のご褒美的なやつかも！」

何をもってご褒美なのか、ちょっとわからないけれど。

「せっかくですからね、大事に使わせてもらいましょ……ありがとうございます、イグノス様」

両手を合わせて拝んでおいた。

＊　＊　＊　＊

椅子に座って拝んでいる五月の周りには、青や白の光の玉がふよふよと浮かんでいる。

『いとしごさま～』
『いとしごさま～』
しかし、彼らの声は聞こえない。
『みずはきれいにしなくちゃね～』
『そうだ、このみずじゃ、いとしごさまのおやくにたてない～』
『おいしいみずにしなくちゃね～』
『まりょくのたっぷりはいった、いいおみず～』
多くの青い光の玉たちはご機嫌で、池の周りを飛んでいる。
精霊たちの想(おも)いの込められた水は、浄水器いらず。
そしてキャンプ地に精霊が増えれば増えるほど、ＫＰはどんどん増えていく。
元聖女の力の及ぶ範囲が広がれば、精霊が受け入れられる範囲も広がっていく。
そして、弱って消えかけていた精霊たちまでも、力を取り戻していく。
当然、そんなことになっているとは、五月はまだ知らない。

＊　＊　＊　＊

ちょっとした憧れでもある『鑑定』アプリ。ダウンロード、しないわけがない。

「ふっふっふ、どれどれ、ぽちっとな」

瞬時にタブレットの画面に『鑑定』の青いアイコンが現れた。デザインは、デフォルメされた虫眼鏡（むしめがね）のようだ。

アイコンをタップしてみると、メッセージが表示される。

『鑑定したいものを、カメラで映してください』

「なるほどね。じゃあ」

私はミニテーブルに置いてある煎餅の袋に照準を合わせる。すると、自動で画像が保存されたようで、その画像の下に説明が書かれている。

名称／煎餅（米粉や小麦粉を原料とし、練って薄くのばし、鉄板や網などで焼いた菓子）
備考／稲荷神特製（少しだけ幸運が訪れるかも？）

「え、これ、稲荷さんの手作り!?」

まさかの情報にびっくり。その上、幸運って何。それも『かも』って何。

他にも色々なものを鑑定してみたかったけれど、もう一つやりたいことがあるのだ。

「残りのＫＰは約８０００……『収納』をもうワンランク上げるには……５０００ＫＰ」

これでランクアップすると、『収納』できるサイズが５ｍ×５ｍ×５ｍになる。そうなれば、『ヒロゲルクン』で木を『伐採』しても、よほどの大木でないかぎり、『収納』の中に保存できるはずだ。

そうすれば、山の中に入っても、木を持って帰ってこれる。

「そういえば、ログハウス作るのに必要な素材って」

もう一つのアプリ、『タテルクン』を開き、ログハウスのメニューを開く。当然、選択するのはお風呂・トイレ付き。

「……80本」

その数値を見て、目が点になる。

たとえ、5m×5m×5mになっても、この『収納』には入りきらないだろう。

指定されている素材は木材だけ。窓のガラスとか、お風呂、トイレ、こういった物はどうなるのか。ヘルプっぽいのがあったので見てみると、お風呂・トイレについては付属品扱いになって、用意する必要はないとのこと。その上、窓については、オプション扱い。ガラス入りにしたければ、ガラスを用意しなくてはならないらしい。

「ガラスは自力では作れないって！」

思わず声に出して文句を言ってしまう。

「はぁ……これ、普通にこっちでだけの生活じゃ、いつまでたってもガラス窓付きの家には住めないってことよね……日本家屋とかだったら障子になるかもだけど、ログハウスは？　あれ、あのアイドルの無人島の家みたいに、板で開け閉めするパターン？」

思い切りため息をついて、画面を睨(にら)みつける。

――こうなったら、板ガラス買ってこよう。ホームセンターでも売ってるかなぁ。

意外にお金もかかることで、異世界らしさが半減してる気がする。

ログハウスはすぐには無理そうだけれど、荷物置き場にできるような『小屋（床が土）』なら、少し頑張れば出来そうだ。これも素材は木材だけだし、20本なら、まだ、なんとかなる気がする。テントの裏の木々に目を向ける。

「やったろうじゃないの」

私は煎餅を片手に、気合を入れた。

実際、『ヒロゲルクン』の『伐採』は素晴らしかった。『収納』をレベルアップしたおかげで、大きめの木もしっかり保存できたので、二日がかりで30本を収納できたのは、凄いと思う。

そのまま、『タテルクン』で小屋を作るつもりでいたのだが。

『枝払いされていないので、利用できません』

——そこは、やってよぉぉぉっ！

叫びそうになったのは言うまでもない。

仕方ないので、キャンプ地の中で何もない場所に、一本ずつ『収納』から取り出して、汗だくになりながら黙々と枝払いをした。これに結局五日ほどかかった。

「もう、これで作れるでしょ？」

思わずタブレットに質問してしまう。返事は当然、来ない。

タブレットの画面で『タテルクン』を立ち上げ、メニューで『小屋（床が土）』を選ぶ。

「おお〜」

まさに一瞬だ。

腹が立つほど一瞬で、目の前に出来上がった小屋が現れた。ピカッと光ったり、目の前で組み立てられていったり、というファンタジーな展開もなく、ストンッと目の前に現れたのだ。簡易トイレの時と同じである。

屋根は切妻屋根、壁はコの字で正面には壁はない。当然、窓はない。床はそのまま地面になっている。車一台分くらいのスペースだろうか。そのまま駐車場にしてもいいくらいだ。

「うん、悪くないんじゃない」

車だけじゃなく、他の工具類やスコップみたいな道具類を、こっちにしまっておくのもいいかもしれない。

それに、今のところ雨が降ることはないものの、テントよりもこっちのほうが濡れないだろう。

「もう一軒建てて、駐車場と倉庫で使い分けしてもいいかも」

素材はやっぱり木材20本のみだったようで、まだ10本残っている。

「あと10本……あはは、今日はやめとこ、さすがに疲れた」

あとはこれをどこに置くべきか。

後々、移動させることはできるので、とりあえずテントの近く、風呂小屋と並べて置いてみた。

「床のところ、コンクリートとかで固めたほうがいいかなぁ」

雨でドロドロになったら、直置き（じか）してる荷物なんかも汚れてしまいそうだ。

「むしろ、棚とかをＤＩＹしてみようかな」

一番面倒な小屋の部分を『タテルクン』がやってくれたのだ。それくらい、自分で挑戦してもいいかもしれない。

＊　＊　＊　＊

山の木々の奥から、金色に光る一対の目。

『……最近、精霊たちがうるさいと思ったら、人か。珍しい。いや、人ではなく……』

のそりと現れたのは、体長３ｍはありそうな、白い毛に覆(おお)われた狼。その瞳(ひとみ)は、キャンプ地で車から荷物を移動させている五月を見つめている。

『とおさま』

『どうしたの？』

大きな狼の後ろから、子狼が二匹現れた。

『……ついてきてしまったのか』

『ねぇ、ねぇ、あれはなに？』

『なんかいいにおいがする』

『……ああ、そうだな』

優しく子狼を見つめていた狼は、再び五月へと目を向ける。

『精霊の愛し子か……（まさか、聖女様であるわけもなし）』

『いとしご？』

『いとしごって？』

短い尻尾をふりふりしながら、父親を見上げる子狼たち。

『まだ、わからんよ。それより、母様が心配してるぞ』

『あ！』

『おこられちゃう！』

慌てて巣へと戻っていく子狼。

残った大きな狼は、一瞬だけキャンプ地に目を向け、そのまま無言で去っていった。

＊　＊　＊　＊　＊

二つ目の小屋を建て終える頃には、すっかり周囲の木々は赤や黄色に紅葉し始めていた。

昼間もすでにTシャツだけでは肌寒くなり、長袖のデニム生地のシャツを羽織るようになった。

一つ目に作った小屋は車のガレージとなり、二つ目は頑張って床をコンクリートで敷き詰めて、荷物置き場となった。素人の手なので、綺麗に平らにはできなかったけれど、まぁまぁの完成度ではないかと自分では思う。

管理小屋に預かってもらっていた荷物も引き揚げてきたし、クーラーボックスなどの食料も置いていて、ちゃんと荷物置き場として機能し始めている。

面白いことに、このコンクリートの床、『タテルクン』のメニューに反映されたようで、土バージョンとコンクリートバージョンの二種類の小屋が、自動追加していた。ＫＰはコンクリートのほうが若干高め。成長するアプリ、凄すぎる。正直、もう一つ小屋を建てるかは微妙だけれど、コンクリートの苦労を思うと、楽になるのは助かる。

先日ホームセンターにコンクリートの材料を買いに行った時、ついでにＵ字溝も見てきたのだが、ちょっと思っていたよりも値段がして、これは無理だ、となった。そもそも、石でできてるやつは重すぎて、軽自動車で運ぶのは無理（キャンプ地についたら『収納』できるけど）だと思い至ったのだ。

その代わりにと、塩ビの排水管を買ってきた。値段もお手頃だったし、何より軽い。水の流れは見えなくなるけれど、池からの水の排水をするには、これで十分だった。

池の周囲には石を積むことにした。本当はレンガとかでお洒落な感じにしたかったけれど、レンガは水が浸み込みやすい、と聞いて諦めた。

そして管理小屋に寄った時、稲荷さんに、ＫＰの不思議な増加のことを聞いてみた。

すると、あのキャンプ地に精霊たちが棲みつき始めている、と教えてくれた。多くの精霊たちが棲みつくことで、ＫＰが自動で増えていっているらしい（稲荷さんに『内訳確認しなかったんですか』と、呆れられたが、恥ずかしながら、内訳の存在をすっかり忘れていた）。

私の目には全然見えないから、いるのかわからなかったけど、ＫＰの増加が彼らのおかげだというのなら、そこは感謝せねば。私一人じゃ、あんなに増えなかった。

なので、彼らが棲みやすいように、山のメンテナンスに力を入れようと、心に誓った。

そして、いよいよログハウス、と思ったのだけれど、木材集めになかなか苦労していたりする。

キャンプ地周辺の木を伐採してきていたのだが、近場で間伐してもよさそうな木々は切りつくしてしまっている。キャンプ地を拡大させてもいいかもしれないけど、今でも十分広いし、下手に広げるとちょっと寂しく感じるかなと思い、そのままの状態だ。

山の上の方に行けば立派な木々も生えているのだが、イグノス様たちが言っていた獣の存在が、不安要素としてあって躊躇している。

一瞬、トイレ・お風呂なしのログハウスに妥協してしまおうか、とも悩んだ。これだと、少しだけ木材を抑えられるようなのだ。しかし、実際にログハウスで生活し始めたとして、夜間にわざわざ外に出て、というのはちょっとな……と思う。

残念ながら、ログハウス用の木を全て『収納』しておけるほどの容量はないのもあって、溜め込んでいた木材は、枝払いもせずに、キャンプ地の端の方に転がしてある。腐る前に、使えるようにしたいとは思う。


ログハウスから現実逃避した私は、別のことをやろうと思った。

「さてと、ここは、『ヒロゲルクン』の出番ですな」

わくわくしながら、斜め掛けしているバッグからタブレットを取り出した。

そう、いつも手に持って移動しているせいで、地面に置いて背面（狐の面のデザインがあるほう）

を傷つけたり、置き忘れたり、というのがあって、持ち運べるように帆布の生地のバッグを買ったのだ。

ちなみにタブレットの背面に傷がついても、翌日には消えている。さすが異世界クオリティ。

そして、『ヒロゲルクン』だけど、気が付いたらレベル5まで上がっていて、『畑』というメニューが新たに増えていた。

今までは、週に一回程度、少し遠い大型スーパーに買い出しに行っていた。でも、せっかく目の前に土地があるのなら、家庭菜園的なことをやってもよかろうと思っていたのだ。

どうせ、一人で食べる量だ。売り物にするつもりがないので、少量でいいだろう。

『畑』メニューには『畝』と『苗』があり、『苗』のメニューの中には植物の名前が並んでいる。

苗一つに10KPかかるらしい。

・芋
・豆
・たまねぎ
・にんじん
・とうもろこし
・トマト

芋って、どんな芋？　ジャガイモなのか、サツマイモなのか。豆だって、種類は色々あるんだが。

これは、この世界にある食物で、生産されている物という括りなのだろうか。

この時期に植えたとして、ちゃんと育つのか微妙なものばかりが並んでいる。

「やっぱり、種買ってきておいてよかった」

ホームセンターの入り口に置かれていたラックに、色んな種類の種が並んでいたので、スマホで検索して、秋に撒いてもよさそうなのを買ってきた。今回買ってきたのは、大根・ほうれん草・キャベツ・にら。

種の袋を見ていたら、鍋が食べたくなった。

ついでに買ってきていた黒いポットに、キャンプ地の土を入れて、種を撒く。

「また、稲荷さん、猪肉とかくれないかな」

考えただけで、口の中によだれが溢れてくる。すっかり、簡単な食べ物ばかりが続いていたから、久々にガッツリ食べたくなる。

「うーん、全部、15個ずつでいいかな」

どうせ一人で食べるのだ。かといって、全部が全部、うまく育つとは限らない。

パッと見ただけでは全然わからなくなるので、どれが何の種か、わかるように小屋の前に並べていく。西日がもろに当たる場所だけれど、夏ほどの強さはないだろう。

最後に如雨露に池の水を入れた。けして水深は深くはないけれど、いつもひんやりした水が湧いている池はすっかり泥も落ち着いて、水も透明になっている。なんとなく水遣りの水は、風呂小屋の水ではなく、自然に湧いている水のほうがいいかなと思ったのだ。

「大きくな～れ～、美味しくな～れ～」

そう唱えながら水をやる。光の加減のせいなのか、妙にキラキラ輝いている気がする。

「フフフ、精霊さんたち、よろしくねぇ」

見えないなりに、声をかけてみた。

――いつか見えるようになるかもしれないし、鰯(いわし)の頭も信心から、って言うし？

今度は『ヒロゲルクン』の野菜たちに挑戦だ。

季節的に無理があるかもしれないから、本当に試しに、ってこと。

「えーと、まずは地図で畑にしたい範囲を指定しないといけないのね」

一応、水やりがしやすいように、池近くの場所に、10m×10mの範囲を指定して『畑』メニューの中の『畝』を選ぶと、見事な畝が五本出来上がった。

そして、池寄りの部分に、『ヒロゲルクン』の『畑』メニューの野菜たち（たまねぎ・にんじん・芋）を、一列ごとに指定する。残った空いている場所には、黒ポットの野菜を植え替える予定だ。

いざやってみると、そこにポンポンポンッと苗が生えた状態で現れた。

「異世界すご～い」

この展開はある程度予想はしていたので、つい、棒読みになってしまう。

「それじゃ、お水を撒いてあげましょうかね」

再び、池の水を汲んで、如雨露で水を撒く。ここでも、キラキラ光って、ついつい笑みが浮かんでしまう。

「早く大きくなってね～」

たまねぎ・にんじん・芋で、もうカレーしか思いつかない。

「あー、ほんとに稲荷さん、お肉分けてくれないかなぁ」

ついつい呟いてしまうのは、仕方がないと思う。


そして次の日の朝。

「なんじゃこりゃ⁉」

テントから出てきたところで、目に入った光景に声を上げずにはいられなかった。

昨日植えたばかりの『ヒロゲルクン』の苗たちが、もうすでに青々とした葉を茂らせているのだ。にんじんに至っては、オレンジ色の頭がひょっこり見えているくらいだ。

「いやいや、これ、おかしいでしょ」

思わず畑に駆け寄り、芋が生えているであろう茎を思いきり摑んで、引っこ抜いてみた。

「……じゃがいもだ」

それはもう、立派なじゃがいもがゴロゴロと生っていた。まさかと思い、玉ねぎも抜いてみると、これも丸々とした玉ねぎさん。サイズでいったらLLサイズじゃないだろうか。新玉ねぎとしてサラダにして食べてもいいかもしれない。

「あー、これも、もしかして、精霊さんたちのおかげなのかしら……ありがとうねぇ」

感謝の言葉を呟きつつも、この量どうしようか、参ったなぁ、と思ってしまった。

＊＊＊＊

緑や青、茶色に黄色と様々な光の玉が、茂った葉の間を飛び交っている。

『ふぉふぉふぉ～、いとしごさまから、ことばをいただいたぞぉ』

『やっと、われら、つちのせいれいのちからをつかわせていただける～』

『ぼくらのみずのちからだって、まけないぞ～』

『わたしたち、ひかりのちからだって～』

『でも、あっちのちいさいのは、まだ、めしかでてないぞ』

『うむ、あのつちのりょうでは、な』

『はやく、ひっこしさせてくだされば、われらがちからをおみせできるのに！』

色様々な光の玉が、五月の周りを飛び交っているが、やっぱり五月は気が付かない。

『あいつは、あんなにせいれいたちにまとわりつかれてるのに、じゃまじゃないのかなぁ』

木々の隙間（すきま）から覗（のぞ）く、二対の金色の目。子狼が、隠れながら、キャンプ地を覗いている。

『それよりも、はやく、かえろう？　とうさまにしかられる』

『むぅ、もうちょっと』

『またくればいいじゃん』

『えぇ～』

『もう！』

もう一匹に首を噛まれながら、引きずられて戻っていく子狼だった。

＊　＊　＊　＊　＊

黒いポットに入れておいた野菜たちは、普通に順調に育っているはずだ。まだ芽は出てないけれど。芽が出て大きくなったら畑に植え替えるつもりだ。

その一方で、畑に植えた野菜たちは、一度全部収穫した。おかげで、今はまっさらな状態。一応、全部常温保存できるので、以前買ってきておいた大きめな麻袋に詰め込んで、小屋に保存することにした。だって、明らかに一人で食べきれる量じゃないのだ。

ふと、畑のそばの山の斜面に目を向ける。

「そういえば、こっち側にはガーデンライト、つけてなかったっけ」

テントから見える範囲にしか、ライトをつけていなかったことを思い出す。ソーラーで充電するタイプのものだからぼんやりした明かりかな、と思っていたのだが、意外にしっかり明るいので夜もそれほど不安を感じない。

トイレの明かりもそうだけど、その先の暗さは、やっぱり何かがいきなり出てきそうで怖い。

「ライトもだけど柵も建てておくべきかな。万が一、獣が下りてきたら、簡単に畑が荒らされそうだし」

敷地の周囲を柵で囲むって、どれだけ木材が必要なんだろう、と考えたらため息が出た。

翌日、ホームセンターに向かう前に、稲荷さんのいる管理小屋に寄ることにした。

「こんにちは～」

「あ、こんにちは。オーナーですね」

今日は鉈の話をした青年が、カウンターにいた。どうも、顔を覚えられているもよう。

「おや、望月様」

「どうも」

あっちの話をするのだろうと見越してか、カウンターを青年に任せて、打ち合わせ用のテーブルの方へと案内してくれた。

今日も稲荷さん特製煎餅らしい。お茶の入った湯呑(ゆのみ)とともに、持ってきてくれた。

「どうかしましたか」

「あの、稲荷さんの伝手(つて)で、鶏、譲っていただけるとこ、ありません？」

「鶏ですか？」

「あ、はい。お金が必要なら、支払います」

私の言葉に、うーん、と考え込む稲荷さん。

「以前にもお伝えしましたけど、生き物はあのトンネルを抜けることはできませんよ？」

「あっ！」

言われてみれば、そうだった。となると、家畜系は現地調達しかないのか、と愕然となる。

「とりあえず、少しお時間いただけますかね？」

「え、手に入れられます？」

「まぁ、なんとかしましょう（さすがに野生のコカトリスという訳にもいかないでしょうけど）」

にっこりと笑う稲荷さん。なんとかしてくれるというのなら、お任せするしかない。

「そういえば、畑も始めたんですけどね」

ばりぼりと音をたてて煎餅を食べる。

「んむ、なんか、凄い勢いで育っているんですけど、あれ、精霊さんパワーですかね」

「ぶっ」

お茶、こっちに吹かないでほしい。

「凄いって、ど、どの程度です？」

「ん～、一日で収穫できちゃう、みたいな？」

「……おそらく、精霊でしょうね（何やってるんだ、あいつらは！）。基本的に作物の成長は、こちらと変わらないはずですから」

「やっぱり？」

異世界ではどこでも成長速度が早かったら、それはそれで凄いな、と思っていたのだが、違うようだ。

「個別に黒いポットに入れているのは、まだ芽も出てないんでいいんですけど、植え替えたら」

「ええ、たぶん、翌日には収穫できるかもですね……望月様、よっぽど、気に入られてますね」

呆れたように言われても、私が特別何をしたというわけでもない。

管理小屋で水の補給だけすると、そのまま買い出しへと向かった。


ホームセンターについてすぐ、木材売り場に行った。こういうところに『柵』のサンプルになりそうな物が置いてありそうと思ったのだ。

実際、何種類かの柵は置いてあった。デザイン性や色の美しさにため息が出る。しかし。

「やっぱり、いいお値段するのね」

これだったら、頑張って伐採して『タテルクン』のメニューにある『柵』を選んだほうが安上がり……いや、無料だ。面倒なのは一回に作れる横の長さが、最大のもので3ｍまでだということ。あの敷地全体に、となると、何回作らなきゃいけないんだろう。

「だけど、木目そのままなんだよねぇ」

実際、『タテルクン』で建てた小屋は、元の木目そのままだ。それも悪くはないんだけれど、と思いながら、ニスなどの置いてある場所に行く。

「こういう落ち着いた色合いとか、いいと思うんだよなぁ」

ダークブラウンのニスに心惹かれる私。ハーブとかが植わっているヨーロピアンなお庭の風景を思い浮かべて、あんなふうだったらいいのになぁ、と思ってしまう。

そういえば、小屋のコンクリバージョンが出来た時のことを思い出す。あの時は、一度自分で作ってみた後にメニューが追加されていた。

であれば。一度『タテルクン』で柵を作ってから、私がニスを塗ったら、同じのが出来るんじゃないか。

それに気づいたら、ダークブラウンのニスを20缶も買ってしまっていた。

それにガーデンライトも三箱（12本入り）購入。キャンプ地だけでなく、トンネルからの道にも挿しておこうと思ったのだ。暗がりを運転するのは、やっぱり怖い。

山盛り状態のカートのカゴの中に目を向ける。来月のカードの明細を見るのが怖くなったけれど、初期投資、初期投資、と念仏のように心の中で唱えて、自分を誤魔化（ごまか）した。

ホームセンターで諸々大量買いをした日から四日後。

キャンプ地の周囲（トンネル側と湧き水側の出入り口部分を除く）に、高さ2mくらいの、立派なウッドフェンスが出来上がった。

実際、『柵』のメニューには何種類かあったのだが、その中でも高さも幅もある『ウッドフェンス』を選んだ。そして私の思惑通り、一度原型を作ってしまえばメニューに追加されたのには、ホッとした。

途中、材料が足りないとエラーメッセージみたいなのが出て作れない、なんてこともあったけど、材料さえあればちゃんと作ることができた。

トンネル側の道沿いには、ガーデンライトもしっかり挿したので、まだ夜間を車で走ってはいないけれど、キャンプ地から見た感じ、けっこう明るくなったと思う。

後は、門が気になるところか。今は、そのままの状態なので通り抜けができてしまう。

一応、門もメニューにはあるけれど、今は木材が足りない。これは覚悟してもう少し山の上か、下まで行かないといけないかもしれない。

今日は何をしようか、と椅子に座りながらタブレットをいじっていると、出入り口の方から車がやってくる音がした。

「おはようございます～」

ＳＵＶを止めると、稲荷さんがにこやかに右手を上げながら車から降りてきた。

「おはようございます」

「いやぁ、ずいぶん短時間で、凄いことになってますねぇ」

「そ、そうですか？」

「さすがに、ここまでとは思いませんでしたよ（まさか、こんな立派な結界まで張られるとは……それに、この精霊たちの数……彼女に見えなくて正解です。騒々しいことこの上ない）」

久々に人に褒められて、ちょっと嬉しくなる。

「えーと、どういったご用件で？」

「そうそう、この前聞かれていた鶏の件なんですけどね」

稲荷さんが、ＳＵＶのトランクから大きな段ボールを下ろしてきた。

「はい、ご依頼の鶏です」

「え、えー⁉」

確かに、段ボールの中から微かにコッコ、コッコという鳴き声がする！

「ちょっと遅くなりましたがね、（こっちの）知り合いに譲っていただけたんで」

「え、あの、おいくらです？　今、ちょっと現金があんまりないんですけど」

慌てて、リュックに財布を取りに行こうとしたら。

「いえいえ、お金はけっこうですよ」

「でも」

「いやぁ、ここまで（聖女の力で）やっていただけているなんて、思ってなかったので。ぜひ、これからも頑張っていただくためにも、これは貰ってください」

「え？　いや、でも」

「鶏小屋は？」

「ああ！　まだ、出来てなくて」

慌てて『タテルクン』を使って、『柵』の中でもサイズの小さいガーデンフェンスで鶏用の囲いを作る。これは、早めに鶏小屋を作らないといけない。

稲荷さんが抱えた段ボールの箱から現れたのは、茶色い鶏が三羽。

「あの、本当に頂いていいんですか？」

「いいです、いいです」

「ありがとうございます！」

稲荷さんが一羽ずつ抱えるせいか、暴（あば）れることなく大人しく囲いの中へと移ってくれた。

「一応、餌も少しだけ、持ってきました」

稲荷さんの車のトランクから、大きな麻袋が現れた。ドスンッという音からも、かなり重そう。

「とりあえず、これでしばらくは大丈夫だとは思いますが、普通にこの辺の草をやっても大丈夫だと思いますよ」

「ありがとうございます！」

餌まで用意してくれるとは、助かった。試しに餌を撒いてみたら、さっそくコッコ、コッコといいながら啄（ついば）んでいる。可愛（かわい）い！

「そうだ。よかったら、お芋、持ち帰られませんか」

お金が駄目でも、食べ物だったら断られまい。稲荷さんも『収納』できたはずだ。

私は畑で採れた芋をビニール袋に詰めて渡す。

「おおお、ずいぶん立派（な上にとんでもなく魔力を蓄えた）お芋ですね！　ありがたく頂戴しますよ」

ニコニコ笑って受け取ってくれたので、少しホッとする。

「それにしても、まだ家は作られないんですか？」

「あ、えーと、『収納』のスペースはそれなりにあるんですけど、材料になる木材がちょっと足りなそうで」

「山のほうには、まだまだありますよね」

「いや、あの、前に獣がいるって」

「あ！　あー、なるほど！（彼女は魔法が使えないのでしたね）忘れてました」

それから周囲を見渡す稲荷さん。一瞬、山の上の方に目を向けると、ジッと睨みつけていた。

「何か？」

「いえいえ……そうですね、それでは、これをお渡ししておきましょうか」

そう言って、急に稲荷さんの掌に大きめな鈴、いや、カウベル？　が出てきた。

「これを腰に下げていれば、獣避け（本当は、魔物避け）になりますので」

「え、本当ですか⁉」

受け取るとガランガラン、と鈴というには可愛げのない音が聞こえてきた。

「頑張ってログハウス建ててくださいね」

「はい！」

少し前進した気分になった私は、思わず満面の笑みで返事をしたのであった。


私はカウベルを腰に下げながら、タブレットを片手に、テントの裏の山の斜面を上り始める。最初の緩やかな傾斜の辺りは、すっかり間伐してしまったので、けっこう日差しが入ってきている。

今日から、本格的に木材集めをしようと思って、念のため『収納』のレベルも上げた。ワンランク（10ｍ×10ｍ×10ｍ）どころか、ツーランク（20ｍ×20ｍ×20ｍ）ほど。万単位でＫＰを使っても、しばらくすると増えているので、もう、これ以上考えるのはやめた。

20ｍほど進むと、そこからは傾斜がきつくなり、まったく間伐していないから鬱蒼とした木々が集まっている。下草は生えていても、それほど高く育っていないのは、日差しが入ってこないせいだろう。

私は目の前に立つ、かなり立派な木に手を触れる。

「さて、この辺りからやりますかね……『伐採』」

そう呟くと、触れていた木が切り株だけを残し、一瞬で消えた。

「……ほんと、異世界って凄いわ」

感心しながら、めぼしい木をどんどん『伐採』していく。

その間、歩くたびにガランガランとカウベルの音が鳴る。うるさいといえばうるさいんだけれど、安全のためには、仕方がない。

静かな山の中、鳥の鳴き声が響く。獣の気配は感じない。いても、私が感じ取れるかは微妙ではある。

「うーん、この辺はこれでいいか……むしろ、トンネルとか湧き水に行く道辺りをもう少し伐採したほうがいいかな」

トンネル側にはガーデンライトを挿してあるけれど、もう少し木を切ってあげたほうが、太陽光が入るようになりそうだ。

ということで、タブレットをバッグに入れ、トンネル側の道へ向かう。

普段は車で通り過ぎるだけだったから気にしてなかったけれど、木が密集しているところもある。こうも日差しが入ってこないのであれば、夜間のガーデンライトの明かりは、だいぶ薄暗いんじゃなかろうか。

少しでも日の光が入るようにと、大きめな木を選んでいく。

「えーと、これとこれを『伐採』っと」

切り株だけは残るので、そこからまた芽が出てくるかもしれない。それでも、かなり時間はかかるだろう。

ついでに少し枯れ始めている草を、『収納』から取り出した草刈り機で刈っていく。

「うん、少しはスッキリしたかな」

草刈り機を止めて、周囲を見渡して、ちょっと満足。さすがにトンネルのところまでは距離があるので、キャンプ地からせいぜい100mくらい。道の両端がスッキリした。

草刈り機を下ろして、タブレットを開いて、『収納』のチェック。

「……え」

画面を見て驚いた。

今までは単純に『木』という表記しかなかったのが、今では。『木：27本』と本数が表記されている。目標がはっきりして、わかりやすくなった。

それよりも、である。

「ちょ、ちょっと『薬草』って何⁉」

いつもならただの『草』しかないのに、今日は『草』の他に『薬草』という名前も表記されているのに気づく。慌てて画面の『薬草』をタップすると、いつもの『廃棄』『分解』の他に、『売却』なるメニューが追加されていた！

「え、え、売れるの⁉　ていうか、薬草って、何？　何の薬草⁉」

『売却』って、単純に日本円になるのかな。それとも、こっちの？

とりあえず『薬草』だけを取り出して、地面に並べてみる。さすがに草刈り機で切ってしまっただけに、根元でばっさり切ってあるものもあれば、葉の先のほうだけのものもある。

それぞれ、別の種類らしく、形も様々だ。

「こういう時の『鑑定』アプリよね」

タブレットのカメラを起動し、『鑑定』してみる。

名称／ハプン草
効能／傷薬（可）

名称／メディカ草
効能／下痢止め（不可）

名称／モギナ草
効能／初級ポーション（不可）

全然聞いたこともない名前が表示された。

「ていうか、ポーション？　これって、あのポーション？」

モギナ草と表記された草の残骸を手に、しげしげと見る。ファンタジーな世界でよく使われる『ポーション』という響きに、ついワクワクしてしまった。

しかし実際に見ても、私にはただの雑草にしか見えない。『不可』と記載されているのは、この状態では使えない、ってことなんだろうか。

再び薬草類を『収納』に戻して、まとめて『売却』してみると、『1G』とのメッセージが現れた。

「おおおっ！」

何が売れたのかわからないけれど、何かが売れたらしい。単位からして、こちらのお金になるんだろう。ゴールドとでも読めばいいんだろうか。

「で、そのお金は……あ、『収納』の中に入ってる」

とりあえず、その『1G』、を取り出して見てみる。

コロリと掌に現れたのは、十円玉みたいな色合いの分厚い硬貨。全然、ゴールドな色ではない。描かれているのが、どこかの王様か何かの横顔なのかもしれないが、かなり擦り減っているようで、よく顔がわからない。

おもちゃみたい、とは言わない。どちらかというと、古銭に似た感じだろうか。

いつか使うこともあるかもしれないので、再び『収納』しておく。

再びメニューを見てから、ハッとする。

「もしかして、今までも『草』の中にこの『薬草』が含まれてた、なんてことは……ないよね？」

――もし、入っていたら『売却』できてたんじゃ。

『収納』のレベルアップは、奥が深いと思ったのであった。


あれから木材を集めるのに、結局一週間ほどを費やしてしまった。

何せ、できるだけ同じ種類の木のほうがいいだろう、と思ったもので、ついつい選ぶのに時間がかかってしまったのだ。

そんな私の苦労を労うかのように、二通のアップデートの通知が来た。

まずは『ヒロゲルクン』だ。これにはＫＰは必要ないようだ。だったら、当然、アップデートするしかない。

「おおおお！」

あんなに面倒だった枝払いが、メニューに追加された！

「神様、イグノス様、ありがとう！」

思わず一人叫ぶ私。

これで、ログハウス作成までの時間が、思い切り短縮される！

そして二通目は『タテルクン』。こちらもＫＰは不要だ。

『ヒロゲルクン』のアップデートでは新しいメニューが追加されたのだ。『タテルクン』にも何かしらあるに違いないと思っていたら。

「よっし！　ログハウス二階建て、暖炉付き、ゲット！」

今までのメニューでは、『ログハウス、お風呂・トイレ付き』まではあった。階数表記がなかったのは、単純に一階建てだったからかもしれない。

しかし、今回は、二階に、それに暖炉までついてきたのだ！

正直、冬場にここがどれだけ寒くなるのか予想もつかなかった。暖房も、電気があのソーラーパネルしかないし、灯油なんて毎回ガソリンスタンドに行かなきゃいけない？　と思っていたのだ。

ただ、階数が増えたこともあって、木材の数が倍の１５０本に増えてしまった。

「木材の他に、ガラスとレンガも追加になってるわ……それもレンガ２００個⁉」

もう私の軽自動車じゃ、運ぶの無理じゃない？

「そこは稲荷さんにでも、手伝ってもらおうかなぁ……」

そして気になるのはログハウスに必要なＫＰは３０００ＫＰ。

え、これで二割引きって、何。初回限定とか、書いてあるし。

それだけ私にここに居付いてほしいってことなんだろうけれど。

「だったらせめて、半額とかにしてほしいわ」

そう呟いたけれど、二割引は変わらない。やっぱり、イグノス様はケチである。

山暮らしを始めて一ヶ月半ほど経った。さすがにテント暮らしもキツくなってきた。

なんとか頑張って追加分の木材を集め終えてから、管理小屋で使っている軽トラックを利用して稲荷さんと一緒にホームセンターでレンガやガラスの買い出しをしてきた。

そして材料が揃ってしまえばあっという間。

「出来てしまった……」

二階建てのログハウスである。

場所は、前に材木置き場にしていた場所。本当はテントの辺りに建てたかったけれど、荷物の片付けが終わっていなくて、そのままなのだ。

「なかなか立派なものが出来ましたねぇ」

「はい」

感無量である。

大きさは小屋二つ分より大きい。むしろ三つ分くらいありそうだ。正面から見るログハウスには、大きめのガラス窓が二つ、上に丸窓が一つ付いている。そして建物の脇には、レンガの煙突が一階からずっと伸びていて、屋根よりも高い。たぶん、これが暖炉だろう。

そっと、ドアを開けてみる。

「わ、木の匂い」

胸いっぱいに匂いを吸い込んでから、私は靴を脱いで家の中へと入った。

灯りはないので、外からの光しかない。入って正面に二階へと上がる階段。少し傾斜がきついけど、手すりを摑んで上ればいけなくもない。上を見上げてみると天井がかなり高く感じる。

左手はリビングに暖炉。あの外に出ている煙突と繋がっているんだろう。右手はキッチン。その奥にも部屋らしきものが見える。

「キッチンに……ガスコンロはなかったか」

というか、竈すらない。板の間に竈は無理か。どうやって調理すればいいんだろう。

そして、立派なカウンターに、作り付けの戸棚があって、ここに食材や食器を入れるのであろう。しかし、冷蔵庫を置くスペースはない。

水道があるのにはびっくりした。風呂小屋にあった青い石がのった蛇口と同じだ。これで、水の補充のために、湧き水の所にも管理小屋にも行かなくてよくなる。

次にキッチンの脇の廊下。そこにはドアが二つ。何かな、と思って手前の扉を開けてみたら、トイレ、奥がお風呂場だった。

——やっと建物の中にお風呂がある状態になった！

既に夜は寒くなってきていて、お風呂上がりが厳しかったことを思い出し感動で泣きそうになった。

今度は二階へと上がる。そこには部屋が二つ並んでいて、一つは窓無し。そのまま物置にでもできそうだ。もう一つは丸窓付き。正面から見た時に気付いたヤツだ。そして、この丸窓のある部屋には、作り付けのベッドが置かれていた。

「おおお、ベッドだ、ベッド」

布団(ふとん)もクッションも何もない、ただの板ばり状態ではあるものの、地面で直に寝るよりもずっといい。最近は地面からの冷気を感じるようになってきたから余計にそう思う。

私はゆっくりと階段を下りていくと、稲荷さんが暖炉の中を覗き込んでいる姿が目に入った。

「稲荷さん」

「ずいぶんと立派なのが出来ましたねぇ」

「ええ、はい、そうなんですけど……どう考えても、あの素材の量で、ここまでの物ってできませんよね？」

そうなのだ。

木材の量だけでなく、レンガにしたってそうだ。お風呂やトイレに至っては、付属品扱いだから言うに及ばず。

「そうですね。イグノス様、大奮発してくださったようです」

ほっほっほ、と、まるで好々爺(こうこうや)のような笑い方をする稲荷さん。

だよねー、と思いながら天井を見上げる。たとえ電気が使えないとはいえ、ここまでの家を作っていただけたのだ。キャンプ生活よりも、何倍もマシである（楽しいのは、たまにやるからなのだ）。

——イグノス様、ケチなんて言ってごめんなさい！

見えないイグノス様に向かって、心の中で拝む私なのであった。

三章

ログハウスでの新生活と、新しい出会い

テントはすぐに片付けて小屋の中にしまい、その跡地にログハウスを移築した。

簡易トイレと風呂(ふろ)小屋はそのまま残してある。簡易トイレは畑のそばに、風呂小屋はログハウスの裏手に移動した。ログハウスのお風呂もいいんだけれど……実は風呂小屋のほうが浴槽が広くて、窓が大きい。たまには、夜空を見ながらのお風呂もいいと思うのだ。


ログハウスの中を見ていた時、キッチンのコンロのことを稲荷(いなり)さんに相談した。

今まで固形燃料か焚火(たきび)で料理してた、といったら、啞然(あぜん)とされてしまった。

さすがにガスコンロをこちらに持ってきたとしても、ガスは来てないし、プロパンガスのボンベを私みたいな素人が繋(つな)げるとか無理だろう。一人暮らし用のＩＨのクッキングヒーターもあるようなのだけれど、今持っているポータブル電源じゃ、たぶん使えないと思う。

鍋用の小型のカセットコンロという選択肢もあるけど、毎回ガスボンベを買いに行かなきゃならないのが面倒、なんて話してたら。

「それでしたら、魔道コンロなどいかがです？」

「へ？」

「元々は冒険者用に開発された物ですが、こちらでも裕福な家では使われていたはずですよ」

「ぼ、冒険者……」

「ええ、ほら、魔獣とか狩ったり、盗賊もいますから」

「え、え？　そんな物騒なのもいるんですか⁉」

「あ」

「あ、じゃないですよ！」

とりあえず、この山には大型の獣はいても、魔獣や盗賊はいないとのこと。そもそも獣除けのカウベルがあるから大丈夫、と、稲荷さんは説明してくれた。

確かに約一ヶ月半住んでみて、それらしいモノとは遭遇してないから、稲荷さんの言葉を信用するしかない。

「その魔道コンロって、私でも使えるんですか」

「原動力になっているのは『魔石』なので、それがあれば、魔力の少ない者でも利用できると聞いたことがありますよ」

そこそこの規模の村だか町だかで売ってるはず、と言われれば、人里に向かうのは必定。

どういった人種がいるのか予想がつかないけれど、まずは、山を下りられるようにしないと駄目なのはわかった。

魔道コンロはすぐには手に入らないのはわかったので、ある種の諦めがついた。

なのでとりあえず、カセットコンロを買うことにした。キャンプ飯オンリーからの脱却だ。

ついでに土鍋も購入。朝、米を炊いておけば、その日一日なんとかなるようになったのは大きい。

そして念願のポータブル洗濯機も即行で買った。かなり便利である。

寒くなってきたせいか、最初お湯で洗っていても、段々と水が冷たくなって手洗いがしんどく感じるようになった。それに、洗ったシャツやパーカー、ジーンズを、私の非力な手絞りではかなり水分が残ってしまって、地面には水たまりができてしまっていたのだ。

しかし、ポータブル洗濯機のおかげで、ちゃんと脱水できている！

お風呂場で洗濯するのは、自分の下着だけになった！

そして同時に、物干し台も買ってきた（物干し竿も含む）！

干したジーンズを、パシパシッと叩いて皺を伸ばす。見上げた空は、気持ちのいい青空だ。

こうして、普通の生活っぽいことをしていると、ここが異世界だということを忘れてしまう。

ちょっと不便な田舎暮らしと変わらない。

「天気いいねぇ」

ありがたいことに、ここに来てからまだ雨は降っていない。

多少厚い雲が出ることはあっても、なんとか持ってくれている。もしかして、雨期とか乾期とかあったりするのだろうか。


洗濯物を干した後。鶏たちに餌をやり、卵を貰う。

鶏を譲ってもらってすぐ、畑のある場所の山際近くに鶏小屋を作った。当然、『タテルクン』大活躍。小屋より一回り小さいものが出来上がったけれど、十羽くらいは飼えそうだ。

今は一日に一、二個産んでくれて、ありがたい。しかし、この卵も要冷蔵だと思うので、クーラーボックスに保存している。毎朝の目玉焼きが定番になっているから、コンスタントに消費してはいると思うけれど。

「うーん、やっぱりちゃんとした冷蔵庫欲しいなぁ」

クーラーボックスに卵を入れながら、呟く。

不思議なクーラーボックスは今も、ひんやり継続中。冷蔵の必要な物、ソーセージやヨーグルト、納豆、梅干し、あちら（日本）で買ってきた野菜類（ミニトマトとかピーマン）等でいっぱいになっている。

生モノは買ってきてもすぐに調理してしまうけど、毎日買い物に行けるわけではないから、やっぱり冷蔵庫に保存したいと思ってしまう。

今日のお昼は、今朝（けさ）土鍋で炊いたご飯で作っておいたおにぎりだ。

中身は梅干し。それに、インスタントの味噌（みそ）汁（とうふ）。

ミニテーブルは健在で、私も床に座ったまま、おにぎりを手に取る。あむんっと食べると、梅干しに到達。酸っぱいけど、おにぎりはこれだろう。

「冷蔵庫なぁ……」

今あるポータブル電源じゃ、ずっと繋げてなきゃいけない冷蔵庫には不向きだろう。

——これより大きなポータブル電源だったら？

今あるソーラーパネルで充電できるのか。いや、でも、今の充電も馬鹿みたいなスピードでできてるし。もしかしたら。

——でも、高いよなぁ。大容量のヤツ。

——いや、でも、ランニングコストはタダだし。

「でも、高いよなぁ」

延々と悩んでいる間に、味噌汁が冷えてしまった。

そんな昼食の後、タブレットの『ヒロゲルクン』で地図を開いて、湧き水の先の、山を下りる道を確認する。

魔道コンロ購入に向けて、道を切り開かなくてはならないからだ。

一応、フタコブラクダのお尻の方がキャンプ地で、湧き水の辺りまで道が少し太くなっているのは、私の努力の賜物である。お腹の辺りまで行くと、下っていく細い道があることになっているけど、実際にそこまで行くと、その先に道があるようには見えない。

「草刈り機の大活躍だわ」

しかし、もう十一月の初め。まだあちらでも雪が降るような寒さではない。しかし、こっちの季節はまったく読めない。できる範囲で草刈りを進めるしかない。ただ草刈りだけであれば、前回のペースから考えても、四、五日もあればなんとかなるような気もしてくる。

「おっし、頑張るぞっ！」

……あの時は気合を入れた私だったけれど、実際には、草刈りは、なかなか進まなかった。

集中してやれれば、確かに、当初の目論見通りに、四、五日でいけたかもしれない。

しかし、同時に畑仕事にも手を出してしまっている私。

最初に植えた芋・たまねぎ・にんじんはすでに収穫済みで、二つあった小屋のうちの一つに、それぞれ麻袋にパンパンに詰まった状態で置いてある。この前、稲荷さんにお裾分けしたけれど、あまり減った気がしない。

そして、黒いポットに入れておいた野菜たち（大根・ほうれん草・キャベツ・にら）の芽が、無事に出てきて、いい感じに成長してきていた。『ヒロゲルクン』仕様の野菜とは違い、たぶん、普通だ。

これらの植え替え作業をしようと思ったのだが、もしかしたら、また、メチャクチャ育ったら、もったいないことになりそうだ。特に葉物野菜は長持ちしないので、黒いポットを二つずつ、畑に植え替えてみた。

ちゃんと私も学習しているのだ。

楽しみにしながら、翌日の朝。

「はい、予想通り～」

いや、予想以上かもしれない。

地面から見える大根の頭の部分の大きいこと！

ほうれん草に、にらも青々としている。

キャベツに至っては丸々としていて、欧米でいう、キャベツから赤ん坊が生まれる、という話はコイツのことか、と言いたくなるくらいの大きさだ。立派どころではない。思わず空笑いがもれる。最初に『畑』メニューで植えた芋たちも立派な物であったけれど、スーパーで売っていそうなサイズではあった。

でも、今目にしているのは、普通のスーパーでは売ってもいない大きさな気がする。あちら（日本）の種だったからなのか、それとも黒いポットで個別に育てたせいなのか。

そして、こんなにすぐに育ってしまうんだったら、季節関係なく、色んな野菜を育ててもいいんじゃないか、と思えてくる。

そしたら、毎週のようにスーパーに買い出しに行かなくてもいい。

「ナスとかピーマンとかトマトもいける？　あ、かぼちゃとかサツマイモとかも同時に出来たりする？」

いや、野菜だけじゃない。果樹とか植えたらどうなるのか。

山側のウッドフェンスの前辺りに、リンゴや梅や栗みたいな果樹を植えるのを想像する。ブルーベリーとかもいいかもしれない。

できた果物でジャムを作るとか。梅だったら、梅酒なんか作ってもいいかもしれない。

「なんかスローライフっぽい〜」

実際には、全然、スローじゃないけど。

「それにしても……これも精霊さんのおかげなのかな……いつもありがとねぇ」

そう呟（つぶや）きながら、大根を引っこ抜く。スポンッと気持ちよく抜けて、思わず手にした大根を軽くたたく。いい感じの重量感だ。

「煮物にしようかな、味噌汁の具でもいいし……大根の葉で炊き込みご飯にするのもいいな」

わくわくしながら、他の野菜も抜いていく。

根菜類と違って、葉物野菜は傷みやすい。こんなに早く大きくなるんだったら、やっぱり量はセーブしないと駄目かもしれない。

当然、記念にスマホで画像を撮って保存したのは言うまでもない。

収穫を終えて、畑の脇（わき）に置いておいた折り畳み椅子（いす）に座り、タブレットを手にする。『ヒロゲルクン』での『畑』のメニューがどうなってるか、確認しようと画面を見て、思いつく。

「馬鹿みたい。たくさん育てて、『収納』で『売却』したっていいじゃない」

農家さんみたいにあちらに売りには行けないけど、『収納』でなら売れる。

そもそも、麻袋に入れている根菜類だって『収納』できるんじゃ……あ、そういえば、保存ってどれくらいの期間、効果があるのだろうか。

よくファンタジーな世界では、『マジックバッグの時間停止機能付き』は高価だったり、国宝級なんてネタがあったけれど、このタブレットの『収納』はどうなんだろう。

ずっと、『伐採（ばっさい）』した木材や、草刈りで出た葉や枝を自動で集めたり、『廃棄』する機能でしか使ってこなかった。

草刈りで『薬草』を見つけて『売却』できるようになったのに驚いたのは、ついこの間のこと。

「と、とりあえず、まずはこの『ヒロゲルクン』の機能を再確認っと」

……『ヒロゲルクン』の『畑』メニューに、買ってきて育てた野菜の名前が、つらつらと出てくること、出てくること。

なんとなく、予想はしていた。『タテルクン』と一緒だ。

黒ポットの状態の時には反映されてなかったので、畑に植えた物だけが対象になっているのだろう。これだったら、『ヒロゲルクン』を使えばそのまま放置して種を採ることもできるから、種を買ってこなくてもいいわけだ。

「さて、肝心の『収納』の機能の確認をしないと」

草刈りで出た草は、すぐに『廃棄』してしまっているし、枝は、キャンプ地の端に山積みにしている。

「とりあえず、あのキャベツの葉っぱを入れておこうか」

外葉の部分はまだ畑に残ったままだったので、半分くらいを『収納』して、しばらく様子を見ることにした。


翌日の朝。

「……やっぱり、萎(しお)れる」

『収納』から取り出したキャベツの葉はしおしおに萎れていた。やはり、生鮮食品とかは入れておかないほうがいいようだ。

　そのまま『廃棄』はもったいないので、鶏の餌にすべく鶏小屋へ。昨日、残った半分のキャベツの外葉を鶏の餌にと、餌入れに入れておいたのだけれど、綺麗(きれい)になくなっていた。

「あんなにいっぱいあったはずのキャベツの葉っぱ……そんなに美味(おい)しかったの？」

　一方の、稲荷さんが買ってきてくれた餌は残ってしまっている。

　とりあえず、しおしおの葉っぱを置いて、今日の卵〜、なんて思いながら、探してみると。

「なんじゃこりゃ」

　卵、いつもの二倍くらいデカい。そもそも、どうやって産んだ⁉

　——どうなってんの⁉

　呆然(ぼうぜん)と大きな卵を手にする私であった。


　卵のショックから立ち直り朝食を終えると、久しぶりにあっち(日本)へ行くことにした。そろそろイグノス様からなのか稲荷さんからなのか、振り込みがあるはずなのと、カードの支払いをチェックしなくてはならないからだ。

　カードの支払い明細は電子明細だからスマホで確認できるけど、残念ながら異世界ではネットが見られない。

「あああ……やっぱり、すごい金額使ってた……」

　昼過ぎに着いたので、先に食事をとるつもりで大型スーパーのフードコートに行った私。スマホを握りしめ、現実に打ちひしがれ、うなだれる。

目の前には、長崎ちゃんぽん。

久々に食べると、美味しい。美味しいんだが、それよりも現実は厳しいと痛感する。

亡き祖父母から渡されたお金もあるにはあるんだけど、山買って、車買って、すでに残高がある程度減っていた意識はあった。

その上で、スーパーやホームセンターで諸々カードで買ったら、どんどん金額がかさんでいくのは当然で、今までこんなにカードを使ったことがないだけに、ショックが大きい。『初期費用』という呪文を唱えても、である。

「それに、まだ他にも色々生活用品を買わないと」

山暮らしを始めるにあたり、大型の物は捨ててしまった。テーブルしかり、椅子しかり。だから、未だに床にミニテーブルだ。そのうちＤＩＹで作るのもありかと思うけど、素人の物じゃ、それなりにしかならないのは自分でもわかっている。

しかし優先順位的に、今一番に欲しいのは、布団だ。布団でちゃんと眠りたい。

敷き布団に羽毛の掛け布団。これは外せない。あとは、念のために毛布もだ。それぞれ一枚ずつ。どうせ、あの家にお客が来て泊まることもあるまい。

「あとは、カーテンも必要だけど……勢いで来たからサイズ測ってないや……」

それに、リビングのカーペットみたいなのも必要？

「確実に金が無くなる……」

考え込んでいるうちに、ちゃんぽんが冷めていく。慌てて麺をかき込んで、食事を終えた私は、スーパーの中にある銀行のATMに向かい、現金を下ろす。三万円なり。

基本はカード決済をしているけれど、管理小屋や街道沿いにある農家さんがやってる直売所では現金での支払いになる。気まぐれに、管理小屋の自販機でジュースを買うこともある。

そのついでに、残高の確認のために通帳に記帳してみると、ちゃんと稲荷さんの会社から、管理費用としてキッチリ23万円が振り込まれていて、ホッとした。口だけではなかった。

「あの『売却』も、日本円になればいいのに」

未だにあのキャンプ地周辺から出られていない私。『魔道コンロ』の購入資金を貯(た)めておいたほうがいいのだろうけれど、すぐに使う機会がないことを考えると、日本円のほうが現実的。

「野菜じゃ、どれだけの金額になるのか、わかんないけど……どうみたって、こっちの野菜よりも立派すぎるのよね」

直売所とかに置かせてもらえたらいいんだけど、それは無理な話。

「……まぁ、悩んでも仕方ない」

思わず、大きなため息が零(こぼ)れた。

買い物を終えてみると、軽自動車の後部座席が、いつものように荷物でギューギューになった状態。辛うじてバックミラーで後ろが見えるくらい。ちょっと欲張って、リンゴの苗木を買ってきてしまったのは、失敗だったのか、成功だったのか。

キャンプ場に着いてみると、平日のわりに利用客が多い。季節柄というのもあるのだろうか。紅葉がいい感じに進んでいるのもあるのだろう。

管理小屋に行くと、スタッフの一人が私の顔を見ただけで稲荷さんを呼んでくれた。

「今日はどうかしましたか」

稲荷さんが早々に、いつものようにお茶と煎餅を持って現れた。

「あぁ、そのちょっとダメ元でご相談が」

そこで野菜の話をした。見本でスマホで撮ったキャベツの画像を見せると、さすがの稲荷さんも顔を引きつらせている。それくらい立派に育っているのだ。

相談内容とは、『売却』で日本円に変換できないか、というものだったんだけど、残念ながらやっぱりダメだった。

一番はこちら（日本）に持ち込めればいいんだけれど、異世界の物は、トンネルを通ると消滅してしまうらしい。こっちの物は運び込めるのに、ズルい。

不意に、稲荷さんがこの鶏を持ってきてくれた時に、うちの芋を持ち帰っていたのを思い出す。

「あれは、私の『収納』に保存しましたから」

「あ、そうでしたっけ」

美味しく家族と食べたらしい。

「ちなみに、私の『収納』は時間の流れは関係ないので、ずっと保存できます。あの芋、また、頂いてもいいですか？」

――稲荷さんの『収納』、ズルい。

神様仕様なのか、と、思わず聞いてみたら。

「ああ、私の『収納』は、レベルMAXになってるんですよ」

「レベルMAX……ちなみにMAXって」

「レベル10ですね。ですから、望月様も『収納』のレベルを上げれば……」

「ずっと保存できるってことですか⁉」

身を乗り出して聞いてしまった。

「は、はい」

それを聞いたら、俄然（がぜん）、レベルアップしまくる気になってくる。最後にレベルアップしたのは、ログハウスを作る前で、レベル5のまま。最近はKPの消費ペースが減っているから、けっこう残っているはずだ。あっちに戻ったら、さっそくタブレットを確認だ。

「そ、そういえば、冬ごもりの準備は大丈夫ですか？」

「冬ごもり？」

「ええ、ここのキャンプ場、冬季は休業してしまうんで、誰（だれ）もいなくなるんですが」

「え、稲荷さんは？」

「自分の家に引きこもる予定でして」

――そんなの初耳なんですけど！

「ていうか、稲荷さんの家、あちら（異世界）にもあるんですか⁉」

「ありますよぉ。ここはあくまで職場。一応、嫁と子供もおりまして、あちら（異世界）から通ってるんですよ」

まさか通ってるとは知らなかった。

稲荷さんの家族のこともかなり気になるが、それよりも『冬ごもり』のことだ。

キャンプ場が休業になるくらいなら、まだいい。稲荷さんに急な相談ができない程度だろう。今まで、そこまで緊急なことも起こってないし、なんとかなるかな、と思う。

問題は、休業期間中のトンネル付近は雪がひどいらしく、万が一があるかもしれないので春まで通行止めになるのだという。

まさか、この地域がそんなに豪雪地帯だとは思わなかった。

「あちら（異世界）側も、そこそこ雪は降るみたいですけどね」

――いやいや、待って。その『そこそこ』の程度が知りたいんだけど。

いきなり雪山生活は勘弁してほしい。

「なので、食料とかある程度買いだめしておいたほうがいいと思いますよ」

――マジか～！

今現在、キャンプ地にある食料を思い返す。

長期保存という観点でいえば、お米くらい。調味料類はキッチンカウンターの下収納で常温保存している。

冷蔵庫がないから冷凍保存なんてできないけれど、これから寒くなるんだし、ある程度であれば、小屋に置いておけばいけるだろう。

パンとかは、今までは買ってきていたのを食べていたけれど、それこそスローライフな生活してるなら自分で焼くという選択肢もありなのか。

それに、寒さを利用して、漬物を漬けてみるのもいいかもしれない。

「あの、ちなみに休業っていつからです？」

「一応、来月からの予定ですが、雪が降りだしたら、早まるかもしれません」

――来月って、もう二週間もない⁉

「わ、わかりました！　ちょっと、戻って考えますっ」

「ああ、はいはい。気を付けて戻ってくださいね」

そう言いながら、今日は煎餅ではなく、真空パックされた猪肉の塊を山ほどくれた。貴重なタンパク源、ありがたく受け取った。

いつの間にか日が短くなっていて、管理小屋を出る頃には、空に星が瞬き始めていた。

「……山の斜面使って、貯蔵庫みたいなのを作れないかな」

ログハウスの背面、今はウッドフェンスで遮ってしまっているけれど、あの斜面、使えないだろうか。

確か、貯蔵庫とは少し違うけど、トンネルでハムの熟成をしている会社の映像をテレビで見たことがあった。

それよりも、『収納』のレベルアップを検討したほうが早いのだろうか。

「あ、やだ。薪も用意しとかなきゃじゃない⁉」

嫌〜！　と叫びながら、私は暗い道を必死にハンドルを握り、車を走らせた。


結論で言えば、『収納』のレベルアップはできなかった。

ログハウス作成後とはいえ、それなりにＫＰも貯まってはいると思っていたのだが、レベルアップに必要なＫＰほどではなかった（次のレベル６に上げるには10万ＫＰが必要だとメッセージが出た。がっくり）。

レベルアップを諦めた私は、『タテルクン』のメニューで、斜面に横穴を開けて作るようなタイプの貯蔵庫を探したのだが、結局見つけられなかった。

「掘るか」

ウッドフェンスを背に腕を組みながら、斜面を見上げる。

さすがに、スコップでは掘らない。そんなのは非力な私には最初から無理。

湧き水で階段を作る時に使った『ヒロゲルクン』のメニューの『穴掘り』と『地固め』を使うことにした。

とりあえず、わざわざトンネル側の出入口のところから回り込むのは面倒なので、背後の３ｍ分のウッドフェンスを『収納』した。

「さて『穴掘り』、ぽちっとな」

目の前で消えた土の量は、２ｍ×２ｍ×２ｍ。思ったよりもイケる。

朝から頑張って続けていたら、けっこう立派な穴倉が出来上がった。掘った面は、まさにスコップで削ったような跡が残っている。これを範囲指定して『地固め』してみれば。

「ほ～ら、この通り」

つるりとした表面に早変わり。手で撫でて、冷たい土の感触にニヤリとする。

しかし、これにどれだけの強度があるのかはわからない。念のため補強したいけれど、どうやったらいいものやら。

それと、出来上がった横穴を、そのまま開けっぱなし状態というわけにもいかない。これだけじゃ、貯蔵したい物を置けないし。泥棒が来るとは思えないけれど、野生の動物とかが入り込まないとも限らない。

完成するまでは『小屋（床が土）』で蓋でもしておくか。サイズ的にはいけそうな気がする。

こういう時にタブレットの機能のありがたさを痛感する。

普通じゃ、簡単に作ったり、移動したりなんてできない。

「うん？」

何とはなしに視線を感じて、周囲を見渡す。

「気のせいかな」

こんなところに誰かいるわけもないか、と首を傾げながら、腰に手を当てて気付く。すっかり、カウベルを下げるのを忘れていた。

私はカウベルを取りに、ログハウスの方へと戻るのだった。

＊＊＊＊＊

キャンプ地の上、少し離れた山の中。

『ふおっ』

『あぶなっ』

『おまえがじろじろみてるからでしょ』

『でもさ、なにしてるのか、きになるだろ？』

二匹の子狼たちが、木の陰から身を乗り出して五月のことを覗いていた。かなりの距離があるのに、彼らには五月の姿がよく見えている。

『みつかったらまずいじゃない』

『だいじょうぶだって。あのにんげんは、ぜったいだいじょうぶなきがする』

前に見に来た時は、父親に怒られてしまい、しばらく見に来られなかった。

今日は、親たちも近くに来ているのをわかっているから、安心して五月の敷地の近くまで来ていたのだ。

五月がキャンプ地の中に戻っていく姿を確認すると、二匹は先ほどまで五月がいた場所を調べに、斜面を下りていこうとした。

『!?』

『なに⁉』

先ほどまで感じ取れなかった鋭い殺意に、二匹は警戒を強める。

『……なまぐさい』

鼻に皺を寄せ、周囲に目をやる。

ガサガサッ
子狼たちの背後の草を分けて現れたのは、子狼など丸のみしそうなほどの大蛇だった。

『な、なんで、あんなのが！』

『なわばりはもっときただって、とうさまがいってたよ！』

子狼たちは、鎌首をもたげた黒々とした大きな蛇に睨まれ、足がすくむ。

「シャーッ」

襲い掛かる大蛇に、必死に逃げようとする子狼たち。

『とうさまっ！』

『かあさまっ！』

子狼たちがキャンキャンと鳴きながら、五月のキャンプ地の方へと逃げていく。

『あっ⁉』

子狼の片割れが、木の根に足を引っかけて、斜面を転がり落ちていく。もう一匹も慌てて追いかける。

ドスンッという音とともに、「キャンッ！」という声が上がる。ウッドフェンスに子狼の身体がぶつかったのだ。

転がり落ちたほうの子狼は気を失ったのか、ウッドフェンスにもたれかかったまま。

『このやろう！　くるなっ！　くるなよっ！』

もう一匹はキャンキャンと吠えながら、追いかけてきた大蛇を威嚇するけれど、大蛇のほうはまったく恐れもしない。

ぬるりと鎌首を上げ、子狼に襲い掛かろうとしたその時。

ガランガランッ
「え、何、やっぱり犬？」

可愛げのないカウベルの音とともに、五月の驚く声が聞こえた。

「……シャー」

大蛇はチロリと五月に目を向けるが、肝心の五月のほうは気付いていない。五月はくたりと横たわっている子狼に気が付き、慌てて駆け寄る。

五月が動くたびにガランゴロンと鳴るカウベルに、大蛇は頭を下げて逃げ腰になり、ついにはずるずると逃げていった。

「大丈夫⁉　え、死んでないよね？」

五月の腕に抱えられた子狼は、身じろぎもしない。

「息はしてる、でも、ここに置きっぱなしってわけにはいかないか」

その時少し先に、同じような犬（子狼）がいることに五月は気が付いた。

「……あんたも来る？」

『いっていいの？』

白いふさふさの尻尾が、ゆっくりと揺れだす。

「ついといで」

よいしょ、という掛け声とともに立ち上がる五月の後を、嬉しそうに子狼はついて行き……キャンプ地の敷地の中へと入っていった。

＊　＊　＊　＊　＊

ここで何があったのか気になるところだけど、元気なほうの犬（オス）が後ろを気にすることなくついてきているので、もう大丈夫なのかもしれない。

とりあえず、荷物置き場になっている小屋に犬をゆっくりと横たえる。

「古いバスタオル持ってくるか……きみ、そこで一緒に待ってなさいね」

「わっふ！」

私の言葉がわかるかのように、返事をしたかと思えば、横たわっている犬の顔を一生懸命にグルーミングし始めた。うん、かわいい。

「血の匂いはなかったから、怪我はしてないだろうけど……万が一ってこともあるから、薬箱と……って、人の薬とか効くのかな。ていうか使っていいの？　あと水？　バケツは飲みづらい？

「あー、洗面器使うか」

ログハウスの中に戻ってぶつぶつ言いながら、古いバスタオル二枚を肩にかけてから、薬類を入れているジッパー付きの大きなビニール袋を探す。

これには基本、風邪薬と頭痛薬、絆創膏に消毒薬の浸っている脱脂綿（看護師さんとかがよく注射器を打つ前に塗るヤツ）、それに私にとっての万能薬、某メーカーの軟膏を入れてある（この軟膏、山で作業中に時々できる切り傷が、以前よりも治りが早いと感じるのは、気のせいだろうか）。

お風呂場の洗面器を手にすると、キッチンでお水を入れて、零さないようにとゆっくりと小屋へと向かう。

行ってみると、横になっていた犬が目を覚ましていた。身体を起こし、こっちをジッと見ている。

「……あ、よかったぁ」

もう一匹が嬉しそうに尻尾を振りながら、私に駆け寄ってきた。

ずいぶんと人懐っこい犬だこと。まさかの飼い犬？

「ちょ、ちょっと危ないから、離れて」

そう声をかければ、大人しく離れるから不思議だ。

小屋で横になっていた子が大人しく私を見上げている。いや、尻尾が盛大に揺れているから、超ご機嫌なんだろう。

「傷がないか見るから、大人しく寝てくれるかな～」

私の言った通りに、すぐに目の前で素直に寝っ転がる姿に、私の言葉、ほんとにわかっているん

じゃない？　と思ってしまう。

落ち着いて傷のチェックをしている間、洗面器の水は、もう一匹にジャバジャバ飲まれてしまった。

「ちょっともう、この子にと思って持ってきたのに～」

倒れてた子のほう（メス）は本当に傷はなかったので、（私にとっての）万能薬の出番はなかった。

ほぼ空っぽになってしまっていた洗面器。もう一度、水を入れてくるか、と思ったら、二匹は耳をピピッと立ち上がらせていきなり駆けだした。

「え、ちょ、ちょっと、畑はやめて！」

今は何も植えていないけれど、いつでも植えられるように土は掘り起こしてある状態なのだ。

「うわ、絶対あの子たち、言葉わかってるよね」

うまい具合に迂回して、彼らは池へと向かっていく。

「あー、そっちの水のほうがいいのか」

洗面器は一つしかないから、二匹で頭を突っ込んでは飲めなかっただろう。

がふがふと勢いよく飲んでいる姿に、どっちが気を失ってたほうなのかもわからなくなった。

「薬が必要なくてよかったわ」

ホッとしたその時。山の上の斜面の辺りがざわついた。

ギャウギャッ
ガルルルル

ガウッ

この山に来て以来、聞いたことがない、動物の鳴き声と何かが争うような音が響く。

「え、え、何、何が起こってるの」

私は慌てて犬たちに駆け寄ると、ぎゅっと抱きしめ、山の方へと目を向ける。ここからでは木々の陰になって何も見えないが、かなり激しい戦いなのか、ガサガサという音とともに、鳥たちが木々から飛び立っていく。

そんな不安な私をよそに、二匹は私の顔をベロンベロンッと舐めまくる。

——なんなの、この子たちの落ち着きは。

しかし、臭い。生き物だから仕方がないけど。

そうこうしているうちに、山の方の騒ぎが収まった。

——もしかして、稲荷さんが言ってた魔物とか、そういうのが出たの？

今まで、稲荷さんからの言葉でしか聞いていなかったから、気にはしながらも、実感までは湧いていなかった。

ガサガサッ

今度は湧き水側のウッドフェンスの方から、何かが移動してきている音が聞こえた。

——ヤ、ヤバい。逃げないと。

私は立ち上がろうとしたのだけれど、私の両脇にいた犬たちがワンワンッと吠えながら、湧き水側の出入り口の方へ走っていく。

「あ、危ないよっ」

そんな私の声は届かなかったようで、犬たちは出入り口から出て行って……戻ってきた。

「わっふわっふ」

「わんっ」

「え、え、ええ？」

私の足元を元気に回ったかと思ったら、今度はジーンズの裾を噛んで、私を引っ張ろうとする。

「外に行けっていうの？」

でも、この子たちが無意味に、こんなことをしないだろう。そう感じ取ったのは、直感とでもいうのだろうか。

それでも、怖いものは怖い。

「何、何なのよもぉ～」

じりじりと出入り口の方へと向かい、ウッドフェンスの切れたところから、顔だけを覗かせてみると、道の先にいるモノが見えた。

デカくて白い犬。それが二匹。

そして、一匹は……大きくて真っ黒な蛇をくわえてお座りをしていた。

目の前のデカい犬たちに比べたら、キャンプ地の裏手から連れてきた二匹の柴犬サイズの犬たちは『小さい犬』と言うべきなんだろうけれど、とにかく、見慣れた犬の大きさじゃなかった。

以前、街中で見た大きなボルゾイなんて目じゃない。その倍くらいありそう。

そんな二匹がともに、顔をこわばらせている私をジッと見つめている。

「わふっ」

「わんわんわんっ！」

固まっている私をよそに、小さい犬たちは大きい犬たちへと駆けていく。

「……まさか、親子？」

甘えるように大きい犬に身体を擦（こす）りつけている様は、そう思わざるを得ない。その様子に、少しだけホッとする。

蛇をくわえていた犬が、ドサッと地面にソレを落とした。

「グルルルル」

「ガウッ」

小さい犬たちが、蛇に唸（うな）り声を上げ、噛みついた。

「あ、もしかして、コイツが」

この子たちを襲おうとでもしたのだろうか。それを彼らが退治したのかもしれない。

大きな犬が鼻先でズズッと私の方へと蛇を押し出した。

「え？」

私が首を傾げると、もう少し前の方へと、蛇を押してくる。

「……まさか、これ、私に？」

「グルルルル」

唸っているというよりも、喉(のど)を鳴らしているように聞こえる。機嫌がよさそうな感じ。

——このデカい蛇をどうしろと。

困惑している私をよそに、ズイズイと前に押し出してくる。これは受け取らないと、ずっとこのままか。

「あ、ありがとね……ちょーっと待っててくれるかなぁ？」

私は大急ぎでタブレットを取りに戻り、そいつを『収納』することにした。『売却』とかしたら、魔道コンロを買うための足しになるかもしれない。

私が戻ってくるまで大人しく待っている犬たち。しかし、『収納』でスッと音もなく蛇が消えたものだから、犬たちは驚いて、唸りながら腰を上げて周囲を見回しだした。

「あ、ご、ごめん、ちゃんと貰ったよ〜」

そう言いながら、今度は私の目の前に出して見せる。

——うえっ。なんか、生臭い。

吐き気を抑えながら、笑顔を浮かべて見せると、犬たちはホッとしたのか、唸るのをやめた。

私はもう一度蛇を『収納』して、犬たちの方へと目を向ける。彼らは大人しくこちらを見ていたが、こちらに近寄ることもなく、しばらくすると静かに立ち上がり、去っていった。

私はこっそり彼らの姿をタブレットのカメラに映し、一番大きな犬を『鑑定』をしてみた。

種族　／　ホワイトウルフ（フェンリルとホワイトウルフの混血）

性別／　オス
年齢／　83才
備考／　聖属性・風属性の魔法が使える

犬だと思っていたけど、狼だった。

それだけでも驚きなのに、『フェンリル』なる言葉に、あんぐり。フェンリルって、ファンタジーの定番の魔物なんじゃなかったか？

――あれ、魔物じゃなかった？　それに、年齢。私より年上？　いや、そんな長寿なの？

――その上、魔法が使えるって、何。私にはできないのに。

私は彼らの姿が見えなくなるまで、しばらくそこに佇(たたず)んでいた。

そして、稲荷さん以外で、この場所にやってきたのは、あの子たちが初めてだったことに、今さらながらに気付いたのだった。

＊　＊　＊　＊

時は少し遡(さかのぼ)る。

ホワイトウルフの夫婦は、子供たちが五月のもとに訪れていることを知っていた。彼女の敷地が結界に守られていることもあり、勝手に入って彼女の迷惑になることもないだろう、と見守ることにしたのだ。

その日は、子供たちが五月のもとに行く後を追いながら、途中から、山の中の様子を見るべく、あちこち彷徨っていた。

『こちら側は、ずいぶんと清浄な空気が増えてきたようだな』

『そうね……でも、こちらの山の東側、木々が枯れてきていない？』

『嫌な枯れ方だな……この時期に、こんな黒ずんだ枯れ方はおかしい』

『それに……獣の姿も少ないわ』

『……いや、むしろあっちの裾野の方に魔物が増えていないか？』

訝し気にオスのホワイトウルフが、山頂の方から見下ろしジッと周囲を窺っていると。

『とうさまっ！』

『かあさまっ！』

子供たちの叫び声に、ホワイトウルフ夫婦はすぐに動いた。子供たちの匂いは、いつもの五月の敷地のある方向だ。

ガランガランッ
魔物にとっては嫌な波動を持った、魔物除けのベルの音が響く。

ホワイトウルフも魔物の一種ではある。本来、ホワイトウルフの大きさは、普通の狼とさほど変わらないのだが、彼ら一族は、聖獣フェンリルの血筋をひいているせいもあり、身体の大きさは二回り以上ある。その上、魔物の性質よりも聖獣の性質に近く、ベルの音の効き目は薄かった。

『ああ！　あの子がいとし子に抱えられているわ。何があったの！』

『……アレか』

メスのほうは、気を失って五月に抱えられている子供に気を取られていたが、オスのほうは生臭い魔物の匂いにすぐに気付いた。

『子供たちはいとし子に任せろ……我らは、アレを始末せねば』

『……ええ。うちの子に手を出したのを、後悔させなくてはね』

二匹のホワイトウルフは、目の前に現れた黒い大蛇に狙いを定めた。

子供たちにしたら、自分たちを飲み込みそうなほどの大きさであったが、ホワイトウルフ夫婦からしたら、おもちゃのようなモノ。

甚振るだけ甚振ると、大蛇は、あっさりと狩られてしまった。

『なんだって、ブラックヴァイパーの、それも変異種がこんなところまでやってきてるんだ』

『あの裾野の枯れ木も、コイツのせいかしら』

『ないとは言い切れないが……とりあえず、これをいとし子に渡しに行くか。人の世界では、これは貴重なモノらしいからな』

オスは大蛇……ブラックヴァイパーの首をくわえて、五月たちの敷地へと向かう。

敷地は強固な結界で守られ、五月に認められた者だけしか入れないようになっている。

『これはこれは……私たちでは無理ね』

メスが目を瞠りながら、敷地の方へと目を向けると、子供たちが五月を引っ張りながらやってくる姿が目に入った。

なんとかブラックヴァイパーを五月に渡し、ホワイトウルフ親子たちは自分たちのテリトリーである、フタコブラクダの西側の山の洞窟へと戻ってきた。

『とうさま、とうさま、いとしごのところのおみず、すごーく、おいしかったんだよ!』

『そうそう! せいれいもね、いっぱいいっぱいいてね』

子供たちの興奮が落ち着くまで、話を聞いていた夫婦であったが、ブラックヴァイパーの存在を思い出し、いとし子である五月のことが心配になった。

『魔物除けのベルを持っていたようだが……ブラックヴァイパー以上のモノが来たら』

『結界の中であれば大丈夫だろうけれど、心配ね』

アレがわざわざ北の地から南下してきたのには、何かしら理由があるに違いない。

この山にはホワイトウルフたちがいるせいか、ほとんどの魔物は寄りついてはこない。

『北で何か起きているのか』

オスが北の方へと目を向ける。

『……北といえば、古龍様が眠りにつかれているのよね』

『まさか、古龍様が目覚められたか?』

不安そうな目は、やはり北の方へと向いている。

『もしかしたら、古龍様の気配を受けて、敏感な魔物たちが移動してきているのかも』

『万が一にも備えて、いとし子のそばで暮らしてみるか』

『なになに？』

『いとしごがどうしたの？』

夫婦は子供らの嬉しそうな顔に、五月の居住地のそばに移ることを話した。

『やったー！』

『あそこ、みずがおいしいの！』

『せいれいもいっぱいだしね』

『うんうん、おいかけっこ、たのしい！』

不安を抱えた夫婦をよそに、期待を膨らませた子供らの声が洞窟に響いた。

＊　＊　＊　＊

あれから、柴犬サイズのホワイトウルフたちが、毎日遊びに来るようになった。

遊びに来る、というよりも、うちの池の水を飲みに来るようになった。

ちなみに、あの黒い蛇、ブラックヴァイパーなるものらしく、一応、革や牙(きば)は武器や防具、肉は食用になるらしい。しかし、今の私には、蛇の皮を剝(は)いだりできるわけもないし、さすがに蛇肉を食べる勇気もないので、さっさと『売却』してしまった。売却金額、なんと1万G！

こっちの物価がわからないから、単純に一万円くらいかなぁ、なんて勝手に思っていたりする。

「わふわふっ！」

「お、おはよう」

私がせっせと貯蔵庫の中を整えていると、柴犬サイズのホワイトウルフが、私に挨拶をして敷地の中へと入っていく。そしてガフガフと池の水を飲み終えると、日当たりのいいログハウスの前の広場で二匹で追いかけっこをしたり、昼寝をしたりしている。

本当は、餌でもあげられればいいのだけれど、彼らにあげられるような物がない。ドッグフードでもあったら、食べてくれるのだろうか。

一方で、あの親らしき大きいホワイトウルフたちは、顔を見せには来ていない。

もしかしたら、近い所にいるのかもしれないけれど、私の視野に入ってはこない。私に気を遣ってくれているのかもしれない。

「よし。これくらい奥行きがあればいいかな」

どんどん貯蔵庫のための穴を掘り進めて、奥行10m、高さ3m、横幅5mくらい。大きさ的に2LDKくらいだろうか。けっこう頑張って作ってみた。中はひんやりした空気で、それなりに湿度もある感じ。いわゆる冷蔵庫の野菜室みたいな感じだろうか。

「あとは床をコンクリで固めて……棚を並べたらいい感じになるんだけど」

自力で作れるか不安に思いながらも、作らねば！　と気合を入れる。

「それに、貯蔵庫の入り口のところも、ドアを置くなりしないと」

まだ荷物も何も置いていないけど、あの蛇みたいなのがまた来て、ここに居つかれたりしたら、最悪だ。今はなんとか、新しく作った『小屋（床は土）』で蓋をしている。サイズ感がちょうどよかったから、そのまま利用しているけれど、毎回、小屋を『収納』しての出入りなんて、現実的ではない。

「う〜ん、『タテルクン』のメニュー、もう一度見てみるか」

最近は昼間の肉体労働（といえるかは微妙だけど）のおかげで、すっかり早寝になっている私。本当は夜のうちに、タブレットの機能を研究するつもりなのだが……それが、なかなかできずにいた。

昼過ぎぐらいには、貯蔵庫がキリのいい状況にまでいけたから、残りの時間は久々にタブレットの研究に費やしてもいいだろう。

寒くはなってきてはいるものの、天気がいいおかげで、外に椅子を出して座っても気分がいい。それでも一応、ひざ掛けと、焚火も準備する。

ついでにお湯でも沸かして、コーヒーでも入れよう。

キッチンで水を入れたキャンプ用のケトルを、焚火にかける。これだけでキャンプ感が増す感じ。ミニテーブルに、大きめのマグカップ、これにインスタントコーヒーを入れて、準備万端だ。

「さて、『タテルクン』、『タテルクン』」

タブレットを手に椅子に座っていると、私の両隣にホワイトウルフの子供たちがやってきた。興味深そうに私の手元を覗き込み、フンフンッと匂いを嗅（か）ぐけれど、それ以上のことはしなかった。

しばらくすると、大人しく私のそばで寝だした。

「野生はどうした、野生は」

まるで、どこぞの飼い犬みたいな様子に、つい笑いながら、そんな言葉が出てしまった。

それでも彼らは気にせずに、くーすか寝てしまっている。

「ま、いっか」

私は『タテルクン』を開くと、じっくり調べることにする。

建物のことばかり考えていたけれど、柵（ウッドフェンス）だって作ったんだから、門や扉みたいな物も作れるはずだ。

――そういえば、敷地の出入り口の扉も作らないとって思っていたっけ。

この前の大きなホワイトウルフは入ってこなかったけれど、他の獣たちが入ってこないとは限らない。

単純に門というと、家の玄関や駐車場で使うような金属製のイメージがあった。だから、ホームセンターで買ってこなきゃいけないって思ってたけれど、それこそ、牧場の門みたいに木製なのもアリなことに気付く。

「えと、『柵』があるなら、『門』……じゃなくて今は、貯蔵庫が優先だって。扉、扉、扉……あった！」

牧場の門のような大型のもあったけれど、木製の扉だけのパーツもあった。完全に見落としていた。

「これ、扉だけ作って、木枠を横穴のところに埋め込んで、そこに『タテルクン』で作った扉を嵌め込めば……いけるんじゃない？」

だがしかし。今現在、在庫の木材が空っぽ。

「また、伐採しないとか。あーっ！　薪も忘れちゃ駄目じゃん！」

貯蔵庫のことばかり考えていて、薪のことをすっかり忘れていた。

「くぅ～？」

「あ、ごめん。声、大きかったね」

声を上げたほうの頭を撫でる。いい毛並みに、思わずにやける。

「蓋代わりに使っている小屋、あれを『収納』で分解して扉として再利用すべきか……それとも薪専用の小屋にすべきか。はー、どちらにしても、また伐採して回らないとダメよねぇ」

一応、この敷地周辺とあちらに戻るトンネル側の木々の伐採はやった。

そういえば、こっちの村だか町に向かう道も整備しつつ、伐採しないとって思ってたじゃないか。早いところ、魔道コンロを手に入れたい！

しかし、今日は、なんだか、これ以上働きたくない気分。

「冬ごもりの準備をしないといけないのに。……今日はもう、のんびりしちゃおうかなぁ」

両脇にホワイトウルフたちを控えさせて、温かいコーヒーを手に日向ぼっこ。

久々にのんびりした空気に、ほへ～っ、と気だるいため息が出る。

「こんなにいい日和だと、ほんとに冬が近いなんて、思えないよねぇ」

「わっふ」

「わっふわっふ」

二匹の返事のような鳴き声に、思わず笑ってしまった。


翌日には貯蔵庫を完成させた。

床は土の状態だけれど、このまま土間のようにしてもいいか、と諦めた。なぜなら、キャンプ場の休業時期が目前になっていたのだ。たぶん、今、コンクリートを敷いても、乾くのに時間がかかるだろう。

蓋にしていた小屋は、分解することなく、薪小屋に再利用することにした。木製のドア必要な木材は、一本あれば十分だったのだ。

あっさり木製のドアを土壁に付けられてホッとした。

ドアを開けると中はかなりひんやりしている。これでなんとか、冷蔵庫代わりにはなるだろうか。というか、なってほしい。


そして今日は、冬ごもり直前の最後の買い出しに出かけることにした。

まずはホームセンターに向かう。薪を本格的に準備しないといけないからだ。

今までは、昼間は暖炉に火をいれるほどでもなかったし、買い出しに出るたびに、こまめに管理小屋で補充していたので多少のストックはある。それを節約しながら、『枝払い』で出た枝や、落ちてた枯れ枝を使ったり、草刈り機で伐採した若木を、鉈で無理やり薪にしたりしていた（途中で、生木の状態ではすぐに薪としては使えないことに気付いたので、今は小屋で乾燥中）。

いつか使うかもしれないと『収納』しておいた木材の使い時かと思ったのだけれど、残念ながら鉈で太い幹が切れるわけがなく。

ホームセンターの駐車場についたところで、どうしたものかとネットで調べてみたら、意外にも、女性でも使えそうなチェーンソーがあった。

個人的なイメージで、物凄く大きくて私なんかじゃ振り回されるんじゃないかと思っていたのだが、思った以上に小型なのもあって、木を丸太にするのにも十分使えそうなのだ。

実際、店の中には色んな種類のチェーンソーが用意されていて驚いた。中でも、充電式で軽いのがあったので、それを選んだ。

そして、薪割り用に手斧（ておの）も買った。

若木程度なら鉈でもよかったのだけれど、太い木材となったら無理だろう。

それに、動画で見た女性のソロキャンプで、スッパンスッパンやってたのが印象に残っていたのもある。グリップの感じのよさげなのを見つけられたので、戻ったらさっそくやってみよう。

次にスーパーで食料、というか主に保存の利くお米や小麦粉等を買いに向かった。

米は多めに20キロ（10キロを二袋）買ってしまった。一人で食べきれるか、とも思ったけれど、休業期間が延びた場合に備えて、三ヶ月くらいは持つように考えておいたほうがいいと思ったのだ。

小麦粉は、せっかくなので、冬の間に自家製のパン作りに挑戦してみるつもりだ。さすがに天然酵母とか、自分でできるかわからないので、ドライイーストも買った。たしか、メスティンで作るパンとかってのがあったから、まずはそれから挑戦してみたい。小さなフライパンで、ピザとかもできるだろうか。いや、ピザ窯作りに挑戦して本格的なピザもありか？

色々考えだしたら、楽しくなってくる。

ふと、今まで、生活できる環境を作ることを優先していて、せっかく自然の中にいるというのに、あまり心に余裕がなかったことに気付く。

「ここ最近、山での生活、全然楽しめてなかったわね」

ある意味、家のなかった状態は、ホームレスの人たちと変わりなかった。

「せっかく、会社で仕事しなくていいのにね」

冬場はきっと引きこもることになるんだろう。

であれば、今まで興味はあっても、手を出さなかったことに挑戦してもいいかもしれない。頭に浮かんだのは『手芸』。

学生の頃、あまり上手くはなかったけど、フェルトを使った人形を作ったことがある。今は亡き父のために、マフラーなんかも編んだことがある。それを見た母に、『あんたは、不器用ね』なんて鼻で笑われたのは苦い思い出だ。母に言われなくても、自分が不器用な自覚はあったから、余計なお世話だ、と思った。

そんな母を諌めて、父は嬉しそうに首に巻いてくれたけれど、それなりに傷ついた私は、それ以来、手芸らしいことに手を出したことはなかった。せいぜい、ボタン付けや、裾などのほつれたところを縫うくらいだろう。

「いいのよ、下手でも。どうせ、あの家には私しかいないし。人に見せる物でもないし」

しかし、今のログハウスにあるのは、小さな裁縫セットくらい。それこそ、ボタン付けができるくらいしか、使い道のないものだ。

――パッチワークで布団カバーとか作ってみたいな。

――カーテンとか、ラグとかも手作りできないかな。

――ああ、カーテンレール、サイズ測るの忘れてた！

色々考えてたら、思いつくことが増えていく。

このスーパーは食料品しかないから、道具や素材を揃(そろ)えるなら、もう一度、ホームセンターに戻る必要がある。面倒だけど、これが最後だと思えば、やっぱり、買っておかないとダメだろう。

「あ、それに、あの子たちのブラッシングもしてみたかったんだ」

すっかりうちの敷地にいついているホワイトウルフの子供たち。親たちは相変わらず顔を出すことはないけれど、近くにはいると思われる。

野生の生き物だから、若干、薄汚れているのは仕方がないし、お風呂にいれてやりたいけれど、いうことを聞いてくれるか、どうか。

まずは犬用のブラシを買ってみることにした。

「やだな～、色々思いついちゃうんだもんな～」

冬の間にやってみたいことを考えながら食料品の棚を巡っていく。

バターや油、醤油(しょうゆ)、味噌、それにハム、缶詰など、長期保存ができそうなのを見つけると、どんどんカートに入れていく。非常食にレトルトや袋麵、カップラーメンも忘れない。

「それに～、お酒もだよね～」

今までも気が向いた時に缶チューハイなんかは飲んではいた。食事をしてお風呂に入ったら、ストンッと寝てしまうことが多かったから、それほどの量ではない。

「そのうち果実酒みたいなの、作るのもアリだよね」

まさに、スローライフな生活の一部って感じがする。

「後は何が必要かな～♪」

期待が膨らんだ私は、大きなカートを押しながら、目につく物を、どんどんカートに入れていく。

最後にレジで金額を見て、一瞬固まったけれど、約三ヶ月間買い物に来ないんだから、と自分を納得させてカードで支払った。

その勢いは、戻ったホームセンターでも止まらず、爆買いをしてしまう。

ルンルン気分の私が、ちゃんと帰り際に管理小屋に寄って、稲荷さんに薪を頼むのを忘れなかったのは偉かったと思う。


翌日、稲荷さんが、お願いしていた通りに薪を軽トラに載せてやって来た。

しかし、思っていたよりも多い。荷台からよく落ちなかったな、と思うくらい山盛りだ。

その薪を、三つ目の小屋（結局、薪専用になっている）に、稲荷さんがどんどんと積んでいく。

これ、全部でいくらになるのか、背中に冷や汗をかきながら思っていると。

「いいです、いいです。これ、イグノス様からのボーナスってことで」

「ボ、ボーナス⁉」

「あれ？　人の世界では、夏と冬にボーナス出ますよね？」

まさかの現物支給。でも、契約にはボーナスについては触れていなかったはずだけれど、貰えるだけ、ありがたい。

「ありがとうございました……って、それは？」

薪を積み終えた後、今度は段ボールを一箱、助手席から持ち出してきた。

「ああ、これはですね、猟友会からのいつもの肉と、干し柿とか干し芋、それにキノコですね」

「え？　え？　こんなにですか⁉」

「食べられます、食べられますって……これ、ログハウスでいいですか？」

「あ、いや、じゃあ、貯蔵庫にお願いします」

「貯蔵庫？」

ドアの完成した貯蔵庫の初お披露目だ。ちゃんと敷地から直接行けるようにウッドフェンスで繋げて、横から入れないようにした。そのせいでホワイトウルフの子供たちは、湧き水側の出入り口から入れなくなってしまったけれど、仕方がない。

ちなみに、昨日買った食料のほとんどは、貯蔵庫にしまってあるけど、まだまだ余裕だ。

さすがに地面に直置きはどうかと思ったので、グリーンシートを敷いておいたけれど、早いうちに棚も作らなくては、とは思っている。

LEDのランタンを片手に貯蔵庫のドアを開けると、中は外よりもひんやりとした空気を感じる。

「おお〜！　ずいぶんと立派なのが出来ましたね」

「とりあえず、そこの一番奥に置いておいてください」

稲荷さんが段ボールを抱えながら入ってくると、荷物を置いて周囲を見渡す。

「水と土の精霊が、ここを見てくれているようですね」

「へ？」

「ここの温度調整、彼らがしてくれているみたいですよ？」

――マ・ジ・か。

「まだ、望月様には見えませんか」

「見えません……って、いつか見えるようになるんですか⁉」

「そのはず、なんですけどねぇ」

どうやったら見られるようになるんだろう、と稲荷さんに聞こうと思ったら。

「わんわんわんっ！」

「がるるるるっ！」

いつの間に来たのか、ホワイトウルフの子供たちが、貯蔵庫の入り口で、毛を逆立てて吠えまくっている。

牙を剝き出しながらも、尻尾を足の間に巻き込んでいるホワイトウルフの子供たち。明らかに怖がっているのに、キャンキャンとは鳴かない。そこは、ホワイトウルフとしての意地なのか。

「おやおや、ずいぶんと生意気な犬が入り込んでいるようですね」

「わんわん（いぬじゃないやいっ）」

「わんわんわんっ（おまえこそ、だれだっ）」

「望月様、これが何だかわかってますよね？」

「え、あ、えっと、ホワイトウルフ？」

「一応、魔物の一種ですけど……この敷地に入るのを認めてしまったんですね」

まずかったのだろうか？

「あっ、でも、悪いことしない、いい子たちなんで」

「わん♪（そうだぞ♪）」

「グルルル（いとしごは、やさしい）」

「……ああ、なるほど……まぁ、望月様がいいのなら、かまいませんが（この敷地の守護にもいいかもしれませんしね）」

「よ、よかった……ほら何せ、ここ、誰も来ないですし」

たまに稲荷さんが荷物を持ってきてくれたりするけど、ほとんど自分一人。寂しくない、とは言わないけれど、この子たちが来るようになって、少しだけ、心の余裕ができた気がする。

「お前たち、ここの守護を頼むぞ」

そう言って稲荷さんが手を伸ばそうとしたら、子供たちは鼻先だけで匂いを嗅いだ途端に、一気に飛びのいた。その跳び方の勢いと距離が凄くて、思わずびっくり。

「ウウウウッ（おまえ、なにものだっ）」

「ウウウウッ（ひとじゃないにおいっ）」

「……おや」

稲荷さんが、外の方に目を向ける。

「……何やら、強い魔物が来たようですね」

「えっ」

稲荷さんの言葉に、固まる私。また、あの大きな蛇みたいなのが来たのか、とビビっていると。

「この子らの親でしょうかね」

そう言って、さっさと貯蔵庫から出て行ってしまった。

私は慌てて稲荷さんの後を追いかけると、湧き水側の出入り口の方へと歩いていく。彼の後ろを尻尾を振りながら追いかけ、追い抜いていくホワイトウルフの子供たち。

私が出入り口のところまで来てみれば……なんと、あの大きなホワイトウルフの親たちが、頭を下げて座っているではないの。

「この子らは、お前たちの子供か」

「グルル（はい）」

「そうか……ぼそぼそぼそ」

「……グルル」

「………」

「……」

「なんですって……まぁ、それは済んだことですから」

「……わう」

「………」

「グルルルル」

「わふっ」

「なるほど」

彼らの間でどういった会話が成り立っているのか、さっぱりわからない。

ただ、明らかに、稲荷さんのほうが上の立場にいるのは雰囲気からしてわかる。お稲荷様だし、神様なわけだし、当たり前なのかもしれない。しかし、普通の中年男性の姿の稲荷さんが、ホワイトウルフ相手に話している姿は、なんだか変な感じだ。

ホワイトウルフたちと話が終わったのか、稲荷さんが振り向いた。

「望月様～」

「あ、は、はいっ」

「あのですね、このホワイトウルフたちも、この敷地に入ってもいいですかねぇ」

「え。だ、大丈夫ですか?」

「大丈夫、大丈夫」

稲荷さんの言葉に、ホワイトウルフの親たちが頭を下げた。

――うわー、ちゃんと会話が通じてるってこと？

――私が許してなかったから、敷地に入ってなかったということ？

なんか凄い。

「あ、じゃあ、入ってもいいです」

すると、二匹がすっくと立ち上がって、ゆっくりと敷地の中に入ってきた。

ここまで近づいたら、やっぱり迫力が違う。狐姿のお稲荷様よりは小さいけれど、十分にデカい。

私の目の前まできたかと思ったら、大人しくその場でお座りをした。

「望月様～、どうぞ、撫でてやってくださいな～」

「え、え、いいの？」

思わずホワイトウルフに聞いてみると、目の前で頭を下げてくれた。

うわー！　うわー！　うわー！

あまりの嬉しさに、わたわたしながらも、そっと手を伸ばし、頭の辺りを撫でた。

――やだー！　すごい、すべすべする！

――子供たちの毛ざわりもよかったけど、親のもまたなんともいえず、いい！

「そういえば、この子供らに名前つけてないんですか？」

「あ、はい」

そう言われて、目の前にお座りするホワイトウルフの子供らに目を向ける。

正直、こんなにしょっちゅう来るとは思っていなかったし、かといって、ちゃんと戻る場所がある彼らに、下手に名前をつけてしまって、いなくなったら余計に寂しくなる気がする。

「ぜひ、この四匹のホワイトウルフに、名前を付けてやってください」

「いいの？」

そう言って、ホワイトウルフの家族に目を向けると、夫婦は頭を下げ、子供たちは盛大に尻尾を振っている。構わない、ってことだろう。

「わかった。ん〜」

名前を考えるのなんて、いつぶりだろうか。子供の頃、家ではペットなんて飼えなかった。思い返してみれば、小学校の時、飼育係で世話をしていたカエルに、『ぴょんた』と付けたのが、最初で最後かもしれない。

——参った。思い浮かばない。

チラリと目を向けると、四匹から向けられる期待の眼差し（まなざし）が痛い。

四匹ともが白いし、種族にも『ホワイト』とあるくらいだから、『白』にかけた名前が無難な気がする。

ジッと子供の方（オスとメスの二匹）に目を向ける。もう単純なのしか思い浮かばない。

「オスのほうがハク、メスのほうがユキ」

そう名付けた途端、ポワンッと二匹が同時に光った。

「え、ひ、光ってる⁉」

「さぁ、さぁ、親のほうもお願いしますよ」

「あ、はい」

光ったことの説明もなしに、グイグイと迫ってくる稲荷さん。

白、白、白……ああ、短い単語は、無理だ。

「じゃ、じゃあ、父親のほうがビャクヤ（白夜）、母親のほうがシロタエ（白妙）」

子供たちよりも、より一層力強く光った。

「ひえぇぇっ⁉　な、何が起きてるの⁉」

光が落ち着いた頃、四匹の姿が目に入る。

——明らかに大きさが変わってる⁉

特に親たちの大きさが。最初からデカいとは思っていたけれど、今はその比ではない。某アニメ映画に出てくる白い山犬みたいだ。

その上、毛皮の輝きがさっきまでとは段違い。元々、野生の生き物にしては綺麗な毛艶（けづや）だと思ったけれど、今目にしているのは、レベルが違う。

『いとし子よ、これからもよろしく』

——ふわっつ⁉

いきなり、頭の中に、イケボが響いた。

＊　＊　＊　＊　＊

突然、ホワイトウルフのビャクヤの声が聞こえて慌てる五月の姿に、稲荷は思わずニヤニヤしてしまう。

——まぁ、初めてのことですしね。

稲荷は、先ほど、ビャクヤたちが言っていたことを思い返していた。

この山にブラックヴァイパーが現れたこと。山の北側の半ばほどで山裾の木々が枯れていること。

一時期、小物ながら魔物が増えていたが、ビャクヤたちがこちらに移ってきたことで減少傾向にあるという。

そして何より、『古龍』が目覚めた可能性。

「彼が目覚めたら目覚めたで、厄介なことが起きるとしか想像できないんですけど」

稲荷自身は直接会ったことはまだない。しかし、五月と『古龍』の今後のことも考えて、イグノスから彼女の転生前にあった出来事について、なんとか聞き出した。

かつての聖女と『古龍』は、種族を超えた親友同士であった。

魔物が溢れれば『古龍』とともに前線に立ち、瘴気が濃くなった地域を巡り、多くの人々を救ってきた聖女。

人間のために戦ってきた聖女を、愚かにも人間側が裏切り、処刑まで行ったのだ。

罪の内容は、当時の国王の暗殺と王位簒奪。それを告発したのは、婚約者でもあった王太子だという。

当然、『古龍』は聖女の冤罪と処刑に怒りを爆発させ、その国は一瞬で滅んだ。

しかし、『古龍』の怒りは一国を滅ぼしただけでは容易には治まらず、周辺国へも影響が出始める。

これ以上はマズイと思ったのがイグノス。

——また必ず、彼女は戻ってくる。それまで、眠っていろ。

そう約束をして、『古龍』をこの大地の北の山奥に眠らせることにしたのだという。


そして、実際、元聖女である望月五月は、この世界へとやってきた。

彼女には当時の記憶もないし、この世界に来て、聖女の力が戻りつつある自覚もない。これはあえて彼女に知らせる必要はないという、イグノスの意思だ。

しかし、万が一、『古龍』が完全に目覚めた場合。

「絶対、望月様のところに、飛んできそうですよねぇ」

ビャクヤたちとの交流に夢中になっている五月には、稲荷の言葉は届かない。

「ちょうど休業期間に入りますし、この機会に『古龍』のところに挨拶にでも行ってきましょうか」

『やはり、古龍様はお目覚めになられますか』

稲荷の傍に現れたビャクヤ。その顔は、少し心配そうにも見える。

「そうだねぇ。『古龍』が目覚めれば、恐らく周辺の魔物たちの大移動が始まる可能性は大きい。

下手をすれば、人族の国がいくつか消えるかもしれない」

『……確かに』

ビャクヤは子供たちと戯れる五月を見てから、稲荷へと目を向ける。

『いとし子は、我らがお守りいたしましょう』

「ああ、頼むよ……彼女は、どちらかといえば慎重なタイプだとは思うが、万が一、ということもあるからね」

『はい』

「はぁ……今年は、のんびり家族で年末を過ごすつもりだったのにねぇ」

そう言いながらも、どこか楽しそうな稲荷。

「あ、稲荷さん！」

「はい？　なんでしょう？」

「魔道コンロ、まだ買いに行けてないんです！　雪が降る前に、山から下りられますかね？」

少し焦ったように言う五月に、稲荷は中途半端に草刈りが進んでいる道に目を向け、ニッコリと笑う。

「無理、でしょうね」

「やっぱり～！」

稲荷の言葉に、ガックリと膝を落とす五月。

「カセットコンロ用のガスボンベ、後で持ってきてあげますよ」

「ありがとうございますっ！」

五月の喜びの声が、山の中にこだました。

四章

冬籠り、満喫中

名前を付けたホワイトウルフたちは、なんと、私の従魔(じゅうま)になってしまった。

『さつき～』

『おはよう～』

「おはよう」

そのおかげで、この子たちの言葉が直接耳に届いてくるという、なんとも不思議な現象。

……さすが異世界。

洗濯物を干しているところに駆け寄ってくる姿は可愛(かわい)いのだが、いかんせん、あの名付け以来、柴犬並みだったのが、ピレネー犬くらいデカくなってしまって、前とは迫力が全然違う。

「ちょ、お、重いって！」

背中におぶさってくるのはオスのハクのほう。ベロンベロンと頬(ほお)を舐(な)めてくる。

『さつき、さつき』

「はいはい、わかった、わかったって！　洗濯物干したら、行くから！」

ハクたちは、私が草刈り&木材集めに行くのに、ついていきたがる。

最初は草刈り機の音にビビっていたけれど、すっかり慣れたようだ。彼らにしてみれば別に何を

I Bought a Mountain

Living in another world isn't bad either.

するわけでもないだろうに、私の後をついてきて、そのうち、山の中に入って追いかけっこを始めるのだ。

子供たちはいつもこんなふうに遊びに来るが、親たちはほとんど顔を見せに来ることはない。でも、子供たちの近くにはいるんだろうなぁ、とは思う。

私は異世界の町に向かうべく、草刈り機でどんどん下山する道を作る日々だ。

途中、ドーンと大きな木が立っていることもあるけれど、私はそれをさっさと『伐採』していく。

道幅は軽自動車が通れる幅を維持している。こっちの世界が、どの程度の文明レベルなのか、ちゃんと確認していなかったのは痛いけど、中世くらいと見なしておけばいいか、と思っている。

何せ、盗賊がいるとか言ってたし。

これで普通に銃とかがあるような世界だと、車の中にいても安全とは言い切れない。ドローンとかを飛ばして、周囲を見られたらよかったかもしれない。

こちらに籠る前に、カメラ付きのドローンとか買えばよかった。そこまで、頭が回ってなかった自分に呆れる。春になったら探してみよう。

『さつき～、このき、どう？』

メスのユキが、彼女のお勧めの木に爪をたてる。

「いいね。ありがとう！」

そう言うとユキは嬉しそうに尻尾を振るから、可愛くて仕方がない。

『さつき、さつき！　これ！　これ！』

負けじとハクも、かなり大きな木に爪をたてた。

「ちょっと待ってて！　そこまで行くのに、雑草が邪魔だわ」

ハクやユキにしてみれば、気にせずドンドン進んで行けるんだろうけれど、私は草刈り機で道を作らないと無理なのだ。

「お、いい木だね」

ハクの頭をごしごしっと撫でてあげると、嬉しそうに尻尾を振り回す。

「では『伐採』」

――いやぁ、幸せってこういうのを言うんだろうなぁ。

肌寒くはなったものの、まだ秋の終わりな感じが抜けない、山の中。

「雪が降る前に、どれくらいまで進めるかなぁ」

『さつき、よんだ？』

ひょこっと草むらから顔を覗かせるユキに、「呼んでないよ」と答える。

稲荷さんからボーナスの薪を貰ったけれど、消費するペースが読めないから、いつまで持つかわからない。貯められるうちに貯めておかないといけないだろう。

そう思いながら、私は道なき道を、草刈り機を振り回し、目につく木を『伐採』しながら進んでいく。

昨日は散々、山の中を動き回ったせいで、さすがに疲れたから早めに寝てしまった。

おかげで朝も早くから目が覚めてしまった私は、今日こそは薪を作るぞ、と気合を入れる。

先日の爆買いで手に入れた、黄色というか黄土色のつなぎを着て、ヘルメットにフェイスシールドと、やる気満々の格好だ。

不意に周囲が少し影ってきた。

「うん？　ちょっと天気が怪しいか」

この敷地に住み始めて三ヶ月近くなるけれど、今まであまり天気が崩れたことはなかった。正確に言えば、雨が降ったことがなかった。その割に、乾燥している感じではないのは、山の中のせいなのだろうか。

木材はすでに『枝払い』を終えて、そのまま『収納』してある。地面に転がした状態ではチェーンソーで上手(うま)く切れないので、台座になるように少し大きめの石をいくつか直線になるように置いた（当然、自分の力では持ち運べない。『収納』大活躍）。

「では、ここに木材を置いてっと」

ドスンッという音とともに現れた木は、まっすぐに伸びている。昨日切ったばかりだから、まだみずみずしい感じ。

「さて、いきますか」

きゅいーーーーーん
チェーンソーの電源を入れて、いざ、木材へ！　と思っていたら。

『さつき！　だいじょうぶかっ！』

『すごいおと！　なに！』

「ちょ、ちょっと、危ないっ！」

山からハクとユキが駆け込んできた。その後を、まさかのビャクヤとシロタエまでついてきていて、びっくり。

慌てて、チェーンソーの電源を切る。

「ご、ごめん、ごめん。うるさかったかな」

『フンフン、それ、なに？』

『こいつか！』

子供らの興奮気味な様子をよそに、ビャクヤたちまで私の近くにやってきた。

『先ほどの音は、それの音ですか』

「そ、そうなんですよ。これで、木を切るんです」

子供たちと違って、ビャクヤたちは私に敬語を使う。従魔になったということは、私が主ってことなんだろうけれど、ビャクヤの年齢を知っているだけに、なんとも変な感じ。

私がチェーンソーを持ち上げてみせると、二匹は不思議そうに見つめる。

『木を切りたいんだったら、私たちでもお手伝いできると思いますよ』

「え？」

いきなりシロタエが右の前足を上げたかと思ったら。

サクッ

「えええええっ」

見事に、あの長い木が五等分にされてしまった。

「な、何が起こったの⁉」

『私の風魔法で、木を切ったのですよ』

そういえば、彼らは魔法が使えるんだった。いや、それにしても、だ。

「……あっさり、ばっさりいくなんて」

『他には、いいのですか？』

シロタエの首を傾(かし)げた姿が可愛くて、思わず、胸がズキューンとなる。

『五月様？』

「う、あ、はい。とりあえず、大きいのを切っていただけると助かります」

私としてはもう少し短くしたいので、大きい木を分断するのをシロタエに任せ、五等分になった物を『収納』する。

彼女の魔法であれば、石の支えはいらないらしい。まとめて置くように言われて、残り全部を山盛にしたら……あっさり、全部五等分になってしまった。

チェーンソーと重装備は意味がなかった。

――い、いや、元々ホワイトウルフにお願いできると思ってなかったし、彼らがいないこともあるし！　けして無意味ではない！　はず！

でも、なんか悔しい！

「あ、ありがとう」

『いいえ、これくらいでしたら』

せっかくシロタエに切断してもらったものの、私が薪割りするには、まだまだ長さがある。

「これをもう半分くらいの大きさにできます？」

一本だけ手前に転がってきた木材を指さし、シロタエに聞くと、足の爪一本で、あっさり半分になった。

『もしよければ、残りは子供たちにやらせてもいいですか』

ビャクヤが私に聞いてきた。

「いいけど、ハクたちにもできるの？」

『やったことない！』

『でもやってみたい！』

なるほど。もしかして、魔法の練習か。これだけ山盛りにあるんだから、やってもらっても問題はない。

「あ、だったら」

先ほどシロタエに短く切ってもらった丸太を一本手にして、手斧(ておの)で割っていく。

「できるなら、ここまでやれたら嬉しいんだけど」

『なるほど……お前たち、やってみるか』

『やるやる！』

『やるー！』

五等分された木材のうち、半分くらいを彼らに任せることにして、私は残り半分を『収納』して、彼らから少し離れたところで、チェーンソーでの切断に再挑戦することにした。

——だって、せっかく買ったチェーンソー、使ってみたい！

「よーし」

きゅいーーーーん

「おおお、凄い、凄い」

初めてのチェーンソーが、あまりにもスムーズで感動。それに、この大きさだったら、スウェーデントーチなるものにも挑戦できるんじゃなかろうか。

このサイズのものはそのまま『収納』にいくつか保存しておこう。

「ふんふんふ〜ん♪」

気持ちよく短い丸太を作っていく。一通り出来たところで今度は手斧で薪割りに挑戦。

「そーれっ」

カコーン

「どっこいせー」

カコーン

「こんちくしょー」

カコーン

……なんか、めちゃくちゃ上手く割れてるんだけど。

動画なんかでは、けっこう端っこだけ削っちゃった～、みたいなぶりぶりな女の子もいたんだけど。私、薪割り名人だったりして。

「ほいさー」

カコーン

夢中で薪割りをしていると、ぽつりと地面に水滴が落ちてきたかと思ったら、パラパラと徐々に雨音が聞こえだした。やっぱり降りだしてしまったか。

「やばい、やばい！　薪が濡れちゃう！」

慌てて木材全部を『収納』する。ハクたちのほうはどうなっているだろうか、と思って振り向いたら。

「あちゃ～」

まだ処理前の丸太状態のものが半分、薪と薪といえるのか微妙なボロボロになっている木片が半分。

ハクとユキはかなり上機嫌だったけれど、親のほうは申し訳なさそうな顔をしている。

「……いや、私が頼んだんだし。火口用にもなるよ……ね？」

私は苦笑いをしながら、薪（もどき含む）を集めに向かう。

まだ中途半端に残っている丸太と木片はそのまま『収納』に入れた状態で、無事に薪の形状になっているものだけ、薪小屋に壁に沿って並べていく。ボーナス薪は私の背丈くらいの高さまで積んであるが、今日作ったのは、まだその半分にも満たない。それも、小屋の奥行きの半分くらいしか出来ていない。

「これが使い物になるのは、早くても一年後くらいかなぁ？」

今あるボーナス薪でこの冬を過ごせるか、不安になってくる。ここの冬がどれくらい厳しいのかがわからないのも、その不安要素の一つでもある。

今朝も、もう寒くて暖炉に火を入れたくらいなのだ。

『すぐに使えないのですか？』

ビャクヤが小屋の中を覗き込みながら聞いてくる。すでに雨に濡れてしまっているのに、彼らはあまり気にしないようで、子供らに至っては、敷地の中を走り回って泥だらけだ。

「はい。一度、しっかり乾燥させないと、火がつかないんです」

私は小屋の中を見て、ため息をつく。乾燥が一年で済めばいいんだけれど。

『ふむ。乾燥させたいなら、風の精霊にでも頼んでみればどうですか』

「は？」

『奴らも、やる気満々のようですよ』

「へ？」

私には見えない精霊たちが、ビャクヤには見えているらしい。私は周囲を見渡すけれど、まったく見えない。

「いやいやいや、え？」

『やってみせてやれ』

その一声に、ぶわっと季節外れな温かい風が入ってきたかと思ったら、くるくるっと渦を巻いて、そのまま外へと出ていった。

「な、何事っ⁉」

『一本、持ってみて下さい』

ビャクヤの言葉に、恐る恐る、手前の薪に触れてみる。

「え、何、これ。すごっ」

持ち上げてみると、先ほどまでのしっとりした感触も重量感もなくなって、対面に置いてあるボーナス薪と同じくらいに乾燥して軽くなっている。

「やだ、凄いっ！　凄い！　わー！　わー！」

感動のあまり、薪を持ったまま、ぴょんぴょん飛び跳ねる私。

見えない相手であっても、ここはお礼を言わねば。

「精霊さん、ありがとね！」

しかし、これって、ビャクヤが言ったからやってくれたのであって、私がお願いしてもやってくれるのだろうか。

『五月様のお願いであれば、彼らも喜んでお手伝いすると思いますよ』

私の考えを読んだかのように、シロタエがビャクヤと並びながら言った。

「そ、そうかな……だったら、次の機会にでもお願いしてみるわ」

『彼らも喜ぶと思いますよ』

だったらいいな、と出来上がった薪を見ながら、そう思った。

薪の目途(めど)がついたと同時に、天気が崩れた。

朝からの雨のせいもあってか、窓の外は薄暗い。ログハウスの中もだいぶ寒く感じる。この調子ではいつ雪が降りだしてもおかしくはない。もっと寒くなる前に、ログハウスの中の保温をなんとかしないとマズいかもしれない。

まず一番初めに目についたのは、カーテンだ。

この前買い出しに行った時は、だいたいの長さしか覚えていなかったので、カーテンレールは買わずに、代わりにカーテンワイヤーなるものを買った。一応、窓は三つ（一階が大二つ、二階が丸小一つ）あるけれど、一階の大きいほうの二つ分（どちらもサイズは同じ）用の物を用意した。

生地は、この冬、手芸に勤しむために安い生地を数種類買い込んだ。その中でもカーテンに使えそうな厚めの生地を選んだ。明るいグリーンに葉の柄の入った落ち着いたデザインの物だ。それを窓の大きさより少し大きめに切って、周囲を手縫いで縫って、カーテンクリップで下げれば出来上がり。

外からの明かりが遮(さえぎ)られて部屋の中は暗くなったけれど、保温効果がだいぶ違う気がする。

元々、底冷えするだろうと思っていたので、買ってきてあった丸いクリーム色のラグを敷き、脇(わき)にはミニテーブルを置いていい感じだ。

しとしとと外の雨音が聞こえる中、私は少しくたびれた半纏を羽織り、暖炉の火をぼーっと見つめる。

他に部屋の中を暖かく感じさせるには、やっぱり灯りだろうか。

ミニテーブルの上に載せているＬＥＤのランタンに視線を向ける。この部屋全体を明るくするには、サイズが小さいせいもあってか、光量が足りない。

――ロウソクを使うとか？

よくファンタジーなんかで、蜜蠟使って蠟燭作り～♪　なんていうのがあるけれど、今の季節にミツバチの巣を探すなんて現実的ではないし、そもそも不器用な私に上手に出来るか怪しい。

そういえば、防災用の白いのが何本か、二階の倉庫部屋に保管してあったはず。これは、万が一のためなので、残念ながら普段使いするつもりはない。

「うん、春になったら、色々買いに行こう……後は」

ぐるりと部屋の中を見回す。

本当に、まだ何もない部屋。剝き出しの木の壁。

「小さくてもいいから、パッチワークのタペストリーとか？」

まずは単純なデザインでいい。ただ四角や三角に切った生地を縫い合わせていくだけ。タペストリーに限らず、クッションや玄関マット、いつか布団カバーのような大物も作れたらいいんだけど。

それに毛糸も何種類か買ってきてある。マフラーくらいは編めるんじゃないか。

「でも、作業するには、もうちょっと、部屋の灯りをなんとかしなきゃかなぁ」

何せ、昼間の今ですら薄暗い。夜の暗闇の中ではＬＥＤのランタン程度で細かい作業は無理だろう。

自分が現代社会の明るさに慣れすぎていたことを痛感する。

でも、焦ることはない。どうせ、時間はいくらでもある。昼間、外に出ない時に、コツコツと作ればいいじゃないか。

「……まぁ、夜はさっさと寝ろってことね」

そう思ったら、笑いが零れた。

久しぶりに雨が上がった。

「う～、さぶいっ！」

半纏にもこもこのスウェットの上下、靴下も二枚履き。ドアを開けて外の様子を見ると、あちこちで霜柱が立っている。

「さ、さぶいはずだわ～」

ドアを閉めて、暖炉に火をつける。ユキたちの失敗した薪もどきのおかげで、すぐに火が点くのはありがたい。

白いご飯にインスタントの味噌汁、目玉焼きという簡単な朝食を食べ終え、暖炉の前でぼーっとしていると、外から「わんわんっ」というホワイトウルフの子供たちの吠える声が聞こえてきた。

窓から外を覗くと、二匹が目の前の敷地で元気に走り回っている。

「ああ、せっかくの綺麗(きれい)な白い毛が」

ぽつぽつと泥が跳ね上がっているようで、白い毛に汚れが飛びまくっている。

「しっかし、こんなに寒いのに元気だよなぁ……毛皮、温かいんだろうかなぁ……ん?」

ふと、あの毛って使えないかな、という考えがよぎる。

あちら(日本)では犬の毛でフェルトを作ったり、羊毛フェルトから毛糸を作ってるとか、そんな話を耳にしたことがある。実際に、自分でやろうとは思ってもいなかったけれど、せっかくならこの冬の手仕事にしてもいいんじゃないか?

思い立ったが吉日。

ホワイトウルフの子供たちのブラッシングに初挑戦することにした。

『さつき〜、せなかのしたのほうも〜』

「はいはい」

『うお〜、きもちいい〜』

「そうかい、そうかい」

ハクは超ご機嫌。ユキも早くやってほしくて、尻尾を激しく振りながら待っている。

ブラッシングしながら思った。

——もっと大きなブラシにすればよかった!

たぶん、柴犬サイズだったら十分だったろうが、ピレネー犬サイズ二匹には、ちまちまとしかブラシがかけられない。おかげで一匹だけでも、けっこう時間がかかる。

なんとかブラッシングを終えると、私はぐったりなのに、二匹は綺麗になったことに満足したようで、足取り軽く、山へと戻っていった。

そして、肝心のホワイトウルフの毛なのだが。

時間をかけてブラッシングをしたのだから、二匹分ともなれば、本来は相当な量の毛がブラシ自体や、地面に落ちていたりしそうなものなのだが、まったく見当たらない。

「うん、なんとなく予想してた」

全部、見事に『収納』されていた。ブラッシングも草刈り同様、収穫？　扱いになるのかもしれない。

「うん、『ホワイトウルフの毛』あるね」

メニューを選ぶと、『廃棄』『分解』『売却』と、全てのメニューが利用できるようだ。

「当然、『廃棄』はしないでしょ。『分解』って、この毛、分解したら何になるの」

さすがに全部はマズイので、一度外に全部出してみる。目の前にこんもりと山になった毛にびっくり。ここまでとは思ってなかった。

その中から、一握りだけ手にして『収納』してから『分解』を選択したら、毛と泥などのゴミに分かれた。

てっきり、タンパク質～とか、そういうのになるかと思ったら、そこまではいかなかった。ラッキーと思いながら、念のため、もう一回、毛だけ『分解』しようとしたのだけれど、今度はメニューが利用できなかった。

「なるほど。金属とは違って、成分的なものまでの分解はしないのね」

　だったら、全部、『分解』すれば、洗う必要がないんじゃ⁉　と思ったので、今度、やってみよう。

　そして今、ログハウス一階の部屋の床には、綺麗になったホワイトウルフの毛が山積みになっている。ちなみに『売却』を見たら、とんでもない金額になった（ブラックヴァイパーなど、はした金と思えるくらい）けど、まだ『売却』はしていない。

　それにしても、ゴミがなくなっただけで、ボリューム倍増するとは。

「まぁ、いっか」

　さて、この毛をどうしたものか。

　糸車みたいなのがあれば、糸を紡（つむ）いでみるのもいいんだけど、そんなものはないし、やったこともない。

　そういえば以前、つらつらと色んな動画を見ていた時に、独楽（こま）みたいな物を使って糸を作っている動画を見つけたことがあった。あれなら私でも作れそうな気がするが、今、そんなものは手元にはない。

　まずは簡単な羊毛フェルトならぬ、狼毛フェルトを作ってみることにした。

　掌（てのひら）にこんもりと毛をとり、ぎゅっと丸め、そこを大きめの針で刺していく。ただ、ひたすら黙々と刺していく。

「……」

気が付けば、ピンポン玉よりも少し小さいくらいの玉が出来上がった。

「まだまだ、ぼこぼこしてるな」

私はそのまま刺し続け、少し寒くなったか、と顔を上げれば、外は夕焼けで赤くなっていた。暖炉の火も熾火(おきび)が辛うじて残ってるだけになっている。

「ひえぇぇ、寒いはずだよぉ」

慌てて薪をくべて、ＬＥＤのランタンも点ける。

ミニテーブルには、ピンポン玉より少し大きいくらいの玉が四つ、並んでいる。一番最初にやったものは、針で刺しまくったせいで小さくなりすぎてしまったのを、毛を追加して補正してピンポン玉まで戻した。

一番きれいに出来た、少し大きめな玉に、黒い刺繍(ししゅう)糸で目玉と口、髭(ひげ)を縫ってみる。

「これじゃ、耳なしわんこだな……」

再び、狼毛フェルトで耳を作るべく、ぷすぷす刺しまくる。三角の耳が出来上がり、顔つきの玉に、耳を生やす。

「初めてにしては、いいんじゃな～い？」

なかなかの出来に自画自賛。

これに糸を通して、チャームっぽくしてみた。タブレットを入れているバッグに付けてみる。

まぁまぁいい感じ。残り三つも同じようにワンコのチャームを作った。合計四つ。

――まさに、うちの従魔たちって感じ。

一人悦に入る私なのであった。

＊＊＊＊

ログハウスの中は、様々な精霊たちがうようよしている。

光、水、風、土、火。

それらが、五月の周囲を飛びながら、彼女の手元を覗き込んでいる。

五月が見えるようになったら、きっと叫び声を上げるぐらいの数だ。

『あら～、ホワイトウルフのけでつくったのね』

『ふ～ん、ひとはりひとはりにちからがこもってるから、かなりヤバいのができたんじゃない？』

『ホワイトウルフってだけでも、そこそこちからがあるのにね～』

『あいつら、フェンリルのちもはいってるだろ？』

『たしかに～』

『ヤバいね～』

彼らの目には、白い玉からオーラのようなモノが溢れているように見える。

『けっかいもそうだけど、いとしごさまは、ヤバいね～』

『ヤバいね～』

真剣な顔で、もう一つの白い玉に顔を縫いつけている五月。

精霊たちの言葉は、彼女には届いていない。

＊　＊　＊　＊

電波が届かないからネットも電話も繋がらないスマホ。それでも、時計やカレンダー代わりにはなる。

朝起きてすぐ、スマホに表示されている日付を見て、もうすぐクリスマスなのを思い出した。

「全っ然、クリスマスらしさないけどね」

ツリーもなければ、リースもない。電飾を飾るでもない。

「まぁ、去年も結局、仕事で二日遅れのクリスマスだったし？」

それも仕事帰りに元カレとちょっと食事をしに行くだけというクリスマス（？）デート。こっちは元カレにネクタイをプレゼントしたのに、彼のほうは、時間がなくて、と言い訳だけして食事代のみで何もなかった。だいたい食事代だって、そんな高級なお店というわけでもなく、会社の近くにあったファミレスだったのだ。

思い返してみても、ありえない。もしかしたらあの時点で、元カレはすでに先輩の女性と不倫してたのかもしれない。

「あ……なんか、腹立ってきた」

怒りのぶつけどころは、薪割りか、狼毛フェルトか。

私はイライラしながらも、さっさと着替えて朝食を作るべく、階下のキッチンへと向かった。

ガリガリガリッ

朝食の後片付けをしていると、玄関のドアを引っ掻く音がした。最近、ハクがドアのノック代わりに、引っ掻くようになったのだ。

「ああ！　わかった、わかった！　ちょっと待って！」

おかげで、玄関のドアは傷だらけ……になるかと思いきや、翌日には直っている。あら不思議。

私もこの程度の異世界仕様には、もう驚かなくなった。

「はいはい、おはよう～」

ドアを開けてみると、ハクとユキの後ろに、ビャクヤとシロタエの姿。今日は家族総出でやってきたようだ。

「あら。ビャクヤにシロタエ、久しぶり」

『おはようございます。五月様』

頭を下げる親とは反対に、子供らは用は済んだとばかりに、元気に敷地の方へと行ってしまう。

『今日はお願いがあって参りました』

ビャクヤの真面目な声に、首を傾げる私。

「うん、どうしたの？」

『実は……この冬の間、子供たちをこちらにお預けできないかと思いまして』

「へ？　うちに預ける？」

『はい』

それまたどうして、と聞いてみると、今いる洞窟が手狭になってしまったらしい。従魔になる以前のサイズであれば、家族全員で入ってもなんとか住めたらしいのだが、子供らがピレネー犬サイズになったのと同様、実は親たちも若干大きくなっていたらしい。

『それにですね……ここの水を飲んでいるせいもあってか、この子たちがまた、少し大きくなってきたようで』

「えっ」

そう言われてみれば、ピレネー犬サイズよりも……大きくなってるように見える。

「い、いつの間にっ」

『ここのみず、おいしーのっ！』

ユキが自分たちのことを話されているのを知ってか、駆け寄ってきた。

「そ、そうなの？」

『ええ、ここの水には、水の精霊たちが豊富な魔力を注いでいるので、我々、魔物や聖獣には、たまらないごちそうなんです』

「は？」

シロタエの言葉に、固まる。

「も、もしかして、その水使ってたから、野菜、デカくなった？」

『それだけではないでしょう。恐らく、土の精霊も力を込めているでしょうから』

なんか、知らないうちに、魔力たっぷり素材が出来ちゃってる。

「え、じゃ、じゃあ、そんな野菜を食べてる私はどうなっちゃうの」

『そのうち、精霊たちを見ることもできるようになるんではないでしょうか』

――よっしゃー！

思わず、ガッツポーズ。自家菜園の野菜をモリモリ食べなきゃ、と気合が入る。

「もしかして、そのうち、私も魔法が使えるようになる？」

『それは難しいんじゃないかと……』

詳しいことはわからないけど、こっちの世界の人間には、魔力を貯めておく受け皿のようなものが体内にあるのだとか。その受け皿が私の身体の中にあるかもわからないし、そもそも、その受け皿が出来上がるのに、どれだけ時間がかかるか、わからないのだと。ちょっと悔しい。

「そ、それはそれとして、うちで小屋作ってあげるのもいいけど」

一応、畑の向こう側、湧き水側のウッドフェンス付近は、それなりにスペースが空いている。木材さえあれば、小屋くらいだったら、三つくらいは並べられそうだ。

ちなみに、そのウッドフェンスの山側の角に、この前買ってきたリンゴの苗を植えた。一応、『ヒロゲルクン』で耕してから苗を植えたせいなのか、池の水を撒いたせいなのか、それなりに大きくなっている。

残念ながら、木材の在庫のほうは、この前の薪割りでけっこう使ってしまっているので、また

『伐採』する必要がある。

「むしろ、あなたたちの洞窟を広げたほうが早くない？」

『……そんなことができますか』

ビャクヤがシロタエの後ろからのそりと顔を出す。やっぱり、デカくなったよね。

「たぶん。あの貯蔵庫も作れたから、もしかしたら、少し広げられるんじゃないかなって」

『そうだと、助かります』

今は、遊びに来ているハクとユキが雨宿りできるような場所はない。三つある小屋も、それなりに荷物が入ってて、彼らの身体の大きさでは入りきらないだろうから、こっちにも犬小屋ならぬ、狼小屋を作っておいてもいいかもしれない。

「ちょっと待っててね。一応、こっちでもビャクヤたちが休めそうな建物がないか考えてみるから」

『ありがとうございます（そうなったら、こちらの守りも少しは厚くなるな）』

腰を落ち着けて調べるために、いつもののんびりセット（折り畳み椅子&焚火台&ミニテーブル）をログハウスから持ち出してくる。ついでに今朝沸かしたお湯をもう一度沸かし直して、紅茶の準備だ。

ハクたち子供らは、いつの間にか敷地を出て行ってしまったが、ビャクヤたちは、その場で日向ぼっこ。ハクたちと比べると、身体の大きさのせいもあって、迫力が違う。

——毛を梳いたら、すごい量が取れそうだわ。

今のところ、素直に梳かせてくれているのは子供たちだけ。ビャクヤたちも頼めばやらせてくれるだろうけど、ちょっと大変そうだ。

私は椅子に座り、タブレットを開く。『タテルクン』を使ったのは、最近では貯蔵庫のドアを作ったのが最後。あの時は、普通の人が住むような住宅関係しか意識して見てなかった。

「鶏小屋もあったんだし……犬小屋、犬小屋……あったけど、ハクたちのサイズでも小さすぎるよね。あとは……厩舎か」

これはちょっと、デカいかも。実際、ログハウスよりもデカい。馬用だから、当たり前か。でも、彼らの大きさ的にはいいのか？

「問題は木材集めかな……雪が降りだす前に集められるかなぁ」

今日は天気がいいけど、いつまで持つか。こっちは天気予報がないから、微妙に困る。

「あればあったで、木材はいくらでも使い道はあるし。サイズは……うん、やっぱり小屋三つ分くらいか。よーし。まずは……木材集めも兼ねて、ビャクヤたちのお宅訪問といきますか」

私は少し温くなった紅茶を飲み干し、気合を入れて立ち上がると、そんな私に気づいたビャクヤが伏せをし、私に乗れと促した。

馬にすら乗ったこともないのに、狼に跨れと。

「いやいやいや、無理でしょ」

『しかし、我々の洞窟は山頂付近にあるのですが』

そう言われて、慌てて山の斜面を見上げる。

ここから見えるのは、ずっと続く緑の木々のみ。山頂って、どの辺なのよ、と思う。

――車ではまず無理。

――マウンテンバイク……そもそも持ってないし、あっても乗れる気がしない。

――徒歩じゃ、今日中に着くかどうか。

そして再び、ビャクヤの背中を見る。

――私に乗れる？

『早く乗らないと、日が暮れますよ？』

いや、まだ、昼前だし。

もしかして、彼の背に乗っても、それくらいの距離があるということだろうか。

『さぁさぁ』

「え、ちょ、ちょっと、シロタエさんっ⁉」

『はい、よいしょっと』

シロタエの鼻先でひょいっとビャクヤの背中に乗せられる。

「え。えええぇっ」

『さぁ、摑（つか）まってくださいよ』

そう言ったと同時に、タッタカターと敷地を飛び出した。

「のぉぉぉぉっ！」

『……』

山の中を私の叫び声が響く。

目を閉じ、しっかと毛を掴む。

まるで、某アニメの山犬に跨るヒロインのように……いくわけがなく。

「ふぎゃぁぁぁぁぁっ！」

『……叫ぶ元気はあるようですね』

シロタエの呆れた声は聞こえたものの、その内容までは、私には届かない。

ただ必死にビャクヤの背中にしがみついて、私は山の中を駆け抜けていく。

『もう、そろそろです。下を見てみますか』

ビャクヤの言葉と同時に、スピードが少し落ちたのを感じて、うっすらと目を開けてみる。

「うわ……」

眼下には針葉樹の緑色の山裾（やますそ）が広がり、その先に少し細い川が流れているのが見える。途中、緑から赤茶けた色合いに変わっているのは荒地なのだろうか。それとも、季節柄、草が枯れているだけなのだろうか。

いつの間にかゆっくりとした歩調になっていたビャクヤのおかげで、落ち着いて見られるようになる。

しばらく行くと背の高い木々が消え、岩場が増えてきた。そして、当然見える範囲も広がり、初めて、キャンプ地周辺以外の風景を見た。

「……全然、人家がない」

あちらでは、山頂からであっても、平野があれば道沿いに集落等がちらほら見えるもの。しかし、ここから見える範囲には舗装された道路などはなく、あれが道か？　と思えるようなものがあるだけ。そして、そこを動く影はない。

「え、これ、町とか村ってあるの」

今まで『ヒロゲルクン』の地図で確認できたのは、この山だけだった。私はフタコブラクダと言っているが、キャンプ地があるのはお尻の方。前方を見ると、こちらの山より少しだけ高い山が見える。そっちがフタコブラクダの頭の方だ。

『我々は、以前はあちらの山側にいたのです』

「そうなの？」

こちらと大して変わらない、同じような山の景色に、わざわざこちらに移ってきた理由がわからず、首を傾げる。

ビャクヤとシロタエが軽く頷く。

『五月様がここにいらっしゃるので、精霊たちが増えてきたこちらに、引っ越してまいりました』

なんと、引っ越した理由が私だった。

そういえば、イグノス様が最初に言っていたっけ。

『とにかく、君が山を買って、ここに住んでくれると、すごく助かるんだ』

もしかして、これのことなのだろうか。

「……そんなに精霊がいるいないで、違うの？」

私にはまだ見えない精霊たち。

それがホワイトウルフたちにどんな影響があるのか、気になるところ。

『違いますね……我々の食料となる生き物たちは、山々にある木の実や植物を得て生きているわけですが、その植物には当然魔力が含まれています。その魔力は、精霊たちがいればいるほど、多く含まれ、精霊の少ない場所やいない場所では、魔力の少ないモノしか育たなくなります（実際、人の食べる物の魔力量は少しずつ減っていっているらしい）』

「うん？　それって、魔力を補充しないと、魔法が使えないってこと？」

『魔力のない食物を食べ続ければ……いつかはそうなるでしょう』

そういえば、魔力を貯める受け皿がある、と言っていたのを思い出した。

自力では生み出せないのか、と少しがっかりする。単純に、ファンタジーなイメージで、『寝てたら回復してました～』的なものを想像していたのだ。

「い、今は、まだ大丈夫ってことよね？」

『しかし、徐々に精霊が減ってきていますから……』

本来、魔法が使えるわけでもない私にとっては、あんまり困る話ではない。むしろ困るのは、この子たちだろう。

『でも五月様がいらしてから、この山の精霊たちが増えてきているので本当に助かっているのです』

「そ、そっか～」

私のほうは無自覚だから、なんとも答えにくい。

『さぁ、ここです』

そう言って降ろされた場所は、山頂から少し下った所、周囲に低木しかない、雨ざらしともいえる小さな洞窟。私のいる敷地の反対側を見下ろせる場所のようだ。

「あれ？　こっち側、立ち枯れしてる木が多いんじゃない？」

周辺の青々としている木々と比較して、かなり深刻なようだ。

『ええ。恐らく、ブラックヴァイパーの影響が色濃く残っているのだと思います』

「ブラックヴァイパーって、あの、デカい黒蛇？」

ハクとユキを襲ったアイツが放っていた瘴気の影響だろうという。

ふと、あちら（日本）で聞いた、立ち枯れ病というのに侵された『黒い森』と言われた場所を思い出す。

原因は、酸性雨の影響だったけれど、こっちのは瘴気ということか。

じゃあ、なんでうちの近所に影響がなかったのかといえば、やっぱり、私と精霊たちがいたおかげらしい。

『これが元に戻るには、通常なら何十年、最悪の場合、何百年とかかるでしょう』

ビャクヤの悲し気な瞳（ひとみ）が、荒れてしまった山の斜面をジッと見つめた。

『しかし、五月様がいらっしゃれば、もっと回復は早いかもしれません』

「へ？」

突然、私に話を振られて、びっくりする。

『五月様がお持ちの魔道具で、山を生き返らせることができるはずです』

魔道具ときたか。私にとっては単なるタブレットなんだけど。いや、単なるじゃないか、『魔法のタブレット』だから、やっぱり魔道具ってなるのだろう。

確かに、『ヒロゲルクン』には、開拓する機能がある。それに、畑を作ったり、貯蔵庫を作ったりしたように、穴も掘れる。

――もしかして、レベルが上がれば、木を植えるようなメニューも追加されたりする？

私は慌ててタブレットを取り出し、『ヒロゲルクン』を開いてみる。

「あ、上がってた！」

自分が放置していても、精霊たちの自動累計のおかげでレベル6になっていて、メニューに『植樹（しょくじゅ）』が追加されていた。植えられるのは『スギ』と『マツ』。これに『リンゴ』が入っている。明らかに木の種類の毛色が違う感じは、私が植えたモノだからだろう。『畑』の苗のKPと比べると十倍近いのにはびっくりしたけど、この調子なら果樹園みたいなのも作れそう。

でもその前に、この洞窟をなんとかしなくては。こんなんじゃ、ビャクヤとシロタエだけでも、入りきらない。それこそ、子供たちを中に入れて、洞窟の手前にある少しだけ開けた場所に、ビャクヤかシロタエのどっちか、もしくは二匹ともが外で寝てるんじゃないだろうか。

『申し訳ございません……我々も、中を掘ってみたものの、途中で硬い岩にぶつかってしまって』

そう言われて中をのぞくと、確かに大きな岩がある。高さで言えば、私の身長よりも大きい。横幅はちょうどこの洞窟と変わらないだろう。まるで、その先には行かせない、とでもいうかのような大きさだ。

でも、これくらいビャクヤたちの風の魔法で壊せたりしないのだろうか、と思ったところで、ふと、風がないことに気付く。

「ここ、山頂近くなのに、なんで、風がないの？」

そういえば、ここまで来るのにも、あまり寒さも感じていなかった。

『ああ、それは、我々の風の魔法で防いでるからですよ』

──風の魔法、万歳っ！

それがなかったら、この山の標高であればかなりの強風が吹き付けてくる場所らしい。

それなら、もっとうちの近所とかに越してくればいいのに、といえば、『……ここが、一番眺めがいいのですよ』とのこと。

だったらせめて、もう少し居心地よくしてあげたくなるのが、人情というもの。

「それにしても、この石？　岩？　なんだろうね」

中に入って触れてみる。環境からいっても冷たく感じるはずなのに、なぜか温(ぬる)い。

「え、きもっ」

慌てて手を離し、タブレットを使って鑑定してみる。

名称／アダマンタイト
備考／超硬度金属（魔法鉱石の一種）

「……うん？　あだまんたいと？」

『なんと』

『あらまぁ』

二匹が驚いて固まっている。

私も、なんかで聞いたことがある名前だなぁとは思うものの、それがどれほどの価値のものかまではわからない。

「とりあえず、これだけどかせばいけるかな……」

『いや、それはちょっと』

『無理なんじゃ』

なんか背後で二匹がぶつぶつ言っていたけど、やってみなきゃわからない。

「さて『ヒロゲルクン』で『穴掘り（あなほ）』っと」

……余裕で、縦横、奥行き5ｍくらいの穴、空いてしまった。

洞窟の拡張はその日のうちにできてしまったので、せっかくならと、ログハウスの敷地内にも狼小屋ならぬ、『厩舎（きゅうしゃ）』も建てることにした。

メニューを見ると、『厩舎』にも、大・中・小と三タイプがあって、その中で一番小さいサイズが、馬でいえば四頭分が入る馬房があるようだ。

翌日からは、まだ見ぬ異世界の街に向かう道作りに精を出しつつ、草刈りの途中で見かけた木を

『伐採』しまくった。

そして、ようやく『厩舎』用の材料が揃(そろ)ったのは、クリスマスもとっくに過ぎた頃。

でで－ん、という効果音があったらいいのに、と思うくらい、なかなか立派な厩舎が目の前に現れて、ホワイトウルフたちは一瞬固まった。しかし、すぐに復活。

『素晴らしい』

『あらまぁ』

『おおきいね！』

『なかはいっていい？』

四匹がご機嫌で厩舎の前で尻尾を振っている姿は、大きくなっていても可愛いと思ってしまう。

「さぁ、入ってみて～」

手前の馬房のドアを開けて見せると、ハクが一番乗りで入り込んだ。

『すごい！　すごい！　ひろいぞ！』

『これなら、ハクとユキ、一緒にいられるんじゃない？』

『え、ユキ、じぶんのばしょがほしいっ』

「はいはい、こっちも開けるよ」

そう言って開けてあげれば、いそいそと入っていくユキ。

『五月様、ありがとうございます』

『私たちの場所までご用意いただいて……』

「気にしないで（元々の仕様だしね）」

ビャクヤもシロタエも、嬉しそうにドアに手をかけ、自分で入っていく。器用なものだ。

そこでくるりと丸まった様子に、多少の余裕がありそうだ、とホッとする。

『ふふふ、時々、こちらで休んでもいいかもしれませんね』

『そうだな』

四匹が四匹とも、喜んでもらえたようだ。

今は剝き出しの土しかないけれど、藁（わら）があったらよかったかもしれない。せめて枯れ草でも敷き詰めてあげようか。

結局その日は、ハクとユキは残り、ビャクヤとシロタエは山頂の棲（す）み処（か）に戻っていった。

いつか四匹でここに居ついてくれたらいいのにな、と、ちょっとだけ思った。


彼らの寝床である『厩舎』を用意できた翌日。

今更ながらに、一人クリスマスを祝うべく、朝からケーキを作ってみることにした。

ケーキ、なんて大層に言ってはいるが、元になるのはホットケーキミックス。

牛乳は消費期限の関係もあるからと、期限長めの豆乳を山ほど買っておいた。

そして、卵は、うちの鶏の産みたての卵。通常の二倍の大きさになっているのは、すでに見慣れてしまった。どうも稲荷さんが買ってきてくれた餌よりも、畑で育てているキャベツの葉のほうがいいらしい。

ホットケーキのデコレーションは、生クリームの代わりに、豆乳クリームをかけることにする。

豆乳クリームのレシピはうろ覚えだけど、豆乳にレモン汁、三温糖で作れたはず。レモン汁は、某メーカーの瓶入り。三温糖も、この前ノリノリの買い物の時に普通の白砂糖と黒糖のついでに買っていた。

自分一人用に作ったホットケーキは、三枚。小さいフライパンだったせいか、やたらと厚みが出てしまった。

紙皿に三枚を重ね、その上に豆乳クリームを流していく。初めての挑戦だっただけに、生クリームみたいなふわっと感はない。むしろ、どろどろ。まぁ、そんなもんだろう。夜にでも外に出して置いたら、アイスクリームになっているかもしれない。

そして、大きめなミックスフルーツの缶詰を開けて、パイナップルやら桃、さくらんぼをホットケーキの上にのせていく。

今までフルーツの缶詰なんて桃缶くらいしか買ったことがなかったから、ちょっと新鮮。

これに、1キロボトルに入ったハチミツをぐるりと流してみる。

「贅沢だわ～！」

市販のクリスマスケーキみたいに綺麗でもなんでもないけれど、達成感はある。

紅茶を淹れて、いざ実食！

「いただきますっ……はむっ」

食感は、まぁ、こんなもんだろう。クリームもやっぱり豆乳だからか、さっぱりした感じ。

――でも、アリだな、アリ！

ちょっとご機嫌になりながら、今度はフルーツを口に放り込む。シロップ漬けだから当然甘い。

さくらんぼを口に入れ、ポロリと種を掌に吐き出し、ふと、種を見る。

――もしかして、桜の木が生えたりするかな？

普通に考えれば、すでに加工されたものから芽が出るはずもない。

でも、ここは異世界。

何が起きてもおかしくないんではないか、と思った。自分でも常識的ではない自覚はあるものの、失敗したところで、ただ土に戻るだけだ。

同時に、あの立ち枯れした木々の風景が頭をよぎる。

――リンゴの木もいいけれど、桜の木でピンクの斜面とか、いいんじゃない？

そこでホワイトウルフたちと一緒に、花見なんて、なんとも長閑（のどか）でいいんじゃないか。

そして、また思いつく。

――梅干しの種とかは？

白や赤の梅の林も、きっと綺麗だろう。それに梅の実で、梅酒とか梅ジャムとか作ったりしたら……そう思ったら、ワクワクしてきた。

――今、うちの貯蔵庫に種のある物って他にも何かあるだろうか？

「よしっ！」

思い立ったら、すぐ行動。

さっさとホットケーキを平らげると、食器を片付け、外に出る準備を始めた。

結局、我が家で見つけた種は、さくらんぼ、梅干し、干し柿の三つだけだった。

さくらんぼはご存じ、フルーツ缶、梅干しは保存食で買っておいた物。干し柿は稲荷さんからの差し入れだ。たぶん、ご近所の農家さんからの頂き物だろう。

「でも、干し柿って、渋柿なんじゃなかったっけ？」

それに、『桃栗三年柿八年』というくらいだし、たとえ、ここの土の精霊が頑張っても、そんなにすぐには生らないかもしれない。

「まぁ、それならそれでいいか。生るまでに干し柿の作り方、調べておけばいいし」

リンゴはホームセンターで買ってきた苗だったから、果樹を種から育てるのは、初めてだ。

そもそも種からちゃんと芽を出してくれるかは、まだわからない。

「まずは、一つずつ、黒ポットに入れて……あ、さすがに、この寒いのに外は無理か」

ログハウスの中を見回すが、黒ポットを置くような場所もない。

「さすがにキッチンカウンターに置くのは……うん、窓際の高さくらいに細いテーブル……作るか」

そこからは一日がかりで、黙々とテーブル作成。最近、物作りモードに入るのが、早くなってきた気がする。

ハクとユキは興味津々の様子で、こっちを見ているけど、電動ノコギリの音が嫌なのか近寄ってはこなかった。

「若干、窓より低いか」

まぁ、それもご愛嬌ってことで。

黒ポットに畑の土を入れて、種を埋めた。受け皿は、意外に使えなかった100均で買った小さいタッパーたちにした。

「さて、芽が出るのはいつかなぁ」

池から汲んだ水を注ぎながら、「早く大きくなってねぇ」なんて暢気に声をかけていたんだけど。

「マジか」

まさかの翌日の朝には、しっかり芽が出た上に、高さ20㎝くらいの苗までに育っていた。

青々とした葉も茂っている。いや、根っこ、キツくない⁉

「ちょ、ちょっと、土の精霊さんたち、頑張りすぎ！」

さすがにこの大きさのものを部屋の中に置いておくのは厳しい。

仕方なしに、これらを外に出すことにした。

「やばっ、寒っ」

この状況で外に出したら、枯れるか？　とも思ったけれど、ここまで育つのだから、この先も精霊たちが手伝ってくれることに期待したい。

一応、果樹なわけだし、交配とかしてしまわないか、と不安になったので、ログハウスの敷地の中で、それぞれを離れた場所に植えることにした。

最初に植えたリンゴは湧き水側の山側の隅に植えたので、柿の苗を湧き水側の出入り口のそばに、梅を薪小屋の裏手に、桜をトンネル側の出入り口のそばに植えてみた。

「大きくなって春には花見とかできたらいいなぁ」

ビャクヤたちから聞いた、魔力たっぷりの池の水をかけてあげる。水滴が日の光に反射して、キラキラしている。

これをあげてどこまで育つかわからないけれど、とりあえず、この冬をうまく越してくれればいい。


いつもの大晦日なら、年末年始のテレビの特番を見たりして、年越し感を感じるところなのだろうけれど、今年はまったくそういうのがない。

年越しそばのかわりにインスタントの塩ラーメンを食べるという、普通の日と大して変わらない一日だった。

翌朝も、元日とはいえ、いつも通りに起きだした。とりあえず、キャンプ用のミニコンロに網をのせて、お餅を焼いた。せめてもの正月らしさだ。

最初は醤油に付けて海苔で巻いたやつ。次は砂糖醤油。納豆でもあれば、納豆餅にでもしたんだけど、すでに在庫はない。

ガリガリガリッ
ちょうど餅を食べ終えた頃、いつものように玄関のドアを引っ掻くのはハクだ。

開けてあげれば、『おはよう!』と白い息を吐きながら、わふんわふんと鳴いている。

「おはよう！」

うりゃうりゃうりゃ！　と両手で顔を撫でてやれば、ご機嫌で尻尾を振りまくる。

『さつき、さつき！　おはよう！』

そんなハクの隣からユキが自分も撫でろと顔を出してくる。

うーん！　最高！

「あけましておめでとう～」

『あけましして？』

『なにが、おめでとうなの？』

この子たちには、野生の生き物だから当然、新年の感覚はないのか。

「う～ん、私の住んでたところでは、年明けを無事に迎えられたことをお祝いする言葉なんだけど」

『としあけ？』

『なにそれ？』

「うん、まぁ、無事に一年過ぎました、おめでとう、でいいかな」

『そうなの？』

『そうなのか？』

二匹が首を傾げる姿が、たまらなく可愛いいっ。

「よし、そんじゃ、ハクとユキ、お年玉あげよう！」

『なにかくれるの？』

『なになに？』

「ちょっと待ってて」

二匹の期待の眼差し（まなざ）を受けながら、羽織っていた半纏からダウンジャケットに着替えて、貯蔵庫に向かう。

基本的に、ホワイトウルフたちは自分たちで餌を取ってくるので、私のほうで餌を与えることはない。強いて言えば、うちの池の水を飲むくらい。親たちは、どうも湧き水のほうで飲んでいるらしい（それを聞いて、春になったら、池のサイズをもう少し大きくしよう、と思った）。

お年玉は、貯蔵庫に保存してある、稲荷さんからもらった猪肉（いのしし）だ。ハクとユキにしてみれば、大して量はないかもしれないけど、せっかくだから、あげてもいいかな、と思ったのだ。

二匹は大人しく貯蔵庫の前でお座りをしている。ちゃんと、中まで入ってこないのは、食べ物が保存されているから入っては駄目だと教えたからだ。なかなか賢い。

「これ、ハクとユキ、食べられるかな」

真空パック入りの猪肉を二つほど取り出す。一個当たりの大きさは私の両手で持てるくらい。稲荷さんには感謝すべきなんだろうけど、絶対、一人じゃ食べきれないサイズなのだ。その上、まだストックがある。

二匹は鼻をひくつかせているけれど、真空パックのせいで匂（にお）いがしないようで、首を傾げている。

「ちょっと待ってね」

びろんっと真空パックから取り出しただけなのに、二匹が目を輝かせる。

「はい、こっちはハクね」

差し出すと、匂いを嗅ぐまでもなく、ぱくりと一口で食べてしまった。

『おいしー！』

『さつき、さつき、わたしもっ！』

「はいはい、これね」

『むん……ん！　これ、おいしーね！』

二匹の目が、もっと欲しそうな顔をしてるけれど、残念ながらあのサイズの物はもうない。

「ごめんね。もう小さいのしかないんだ」

『はう～、ざんねん～』

『おいしかったの～』

「春になって、稲荷さんが分けてくれるようだったら、またあげるわ」

『⁉』

『あ、あれ、いなりさまのなのっ⁉』

途端に二匹は、怯えたように縮こまった。

いつのまにか、稲荷さんは子供らに恐れられる存在になっていたらしい。親たちから何か言われたのだろうか。もっともっと言われないで済んだだけ、よかったかもしれない。

元旦からいい天気が続いていて、このまま、雪も降らないで済むのかなぁ、と、暢気に思っていたら、突如、ドカ雪が降ってきたのだが。

「なんで、積もってないの？」

うちの敷地の中には雪が積もっていないのに、トンネル側や湧き水側に抜ける出入り口に、雪の壁が出来ているのだ。完全に、閉じ込められた感じ。

空を見上げる。ちゃんと雪は降ってきている。むしろ、ビュービュー吹雪いているようなんだけど、なぜか、この敷地の中では、それほど強い風を感じない。そもそもこの敷地に降ってくる雪の量が少ないようで、積もる間もなく、地面に着いたらすぐに解けていく。

——どうなってるんだ⁉　やっぱり、異世界仕様⁉

よくわからないけれど、雪かきをしないで済むんだから、ありがたいと思うべきなんだろう。

「そういえば、ビャクヤたち、大丈夫かしら」

今日に限って、子供たちはうちの厩舎にいなかった。この雪の中、あの洞窟にいるんだろうか。

スッと山頂のある方へと目を向けるけど、吹雪いているせいで、全然見えない。

「ふむ……元々野生だし……大丈夫……なのか？」

と思っていると、湧き水側の出入り口の雪の壁の上の方から、雪塗れの四匹が飛び降りてきた。

『なんと……さすが五月様の結界……ここまでとは思いませんでした』

「え⁉　け、結界って何⁉」

驚いた声を上げたビャクヤの声に、私のほうが驚かされる。

『おや、お気付きではなかったのですか？』

四匹がぶるるっと震えて、体中の雪を振り落とした。

『ちょうど、この柵の周辺に強力な結界が張られておりますよ』

『まさか、吹雪まで防ぐとは思いもしませんでしたがね』

それは、私のほうが言いたい。

「やっぱり、上、酷いんじゃない？」

『ええ。ちょうど雪が吹き込んできてしまって……しばらくお邪魔しても？』

「構わないよ～、せっかくだから、吹雪が収まるまで、ここでゆっくりしていきなよ」

――どうせなら、春、暖かくなるまでいてくれればいいのに。

そう思った私なのであった。

＊　＊　＊　＊　＊

ハクとユキが五月に纏（まと）わりついている間、ビャクヤとシロタエは、不安そうに結界の外、吹雪の先に目を向ける。

『この時期に、こんな吹雪って珍しいわね』

『……ああ』

この地に雪が降らないわけではないが、ここまで吹雪いて積もるのは、かなり珍しいことだった。

『まさか古龍様絡みじゃないわよね』

北の山奥で、長い眠りについているはずの古龍が、目覚めたのではないか。

そのせいで、天候が荒れているのか。

稲荷が以前、挨拶に行くと言っていたことを思い出し、不安になるビャクヤたち。

『しばらく様子を見るしかあるまい』

『そうね』

二匹は立ち上がると、楽し気に五月と遊ぶ子供たちの姿を見てから、のそりと厩舎の方へと歩いて行った。

＊＊＊＊＊

時は少しばかり遡る。

五月の山が秋色に色付き始める頃、北の大地の枯れた木々の間を、冷たい風が吹き抜けていく。

その先には、鋭い峰々を擁する『神々の峰』と呼ばれる大きな山々が連なっている。

その山々の地下深く、光が入らない真っ暗な洞窟の奥底に、イグノスによって眠らされた古龍がいた。彼自身から溢れる黒い魔力が充満しているそこは、彼自身の姿もわからないほどの漆黒の闇。

そんな深い深い眠りについていたはずの古龍の耳に、最近、精霊たちの楽し気な声が届くようになった。

『(……うるさい)』

眠りについてから微動だにしなかった古龍が、この時、初めて身じろぎした。

その微かな動きとともに、黒く濃い魔力がうねり、山の隙間から濃すぎる魔力が漏れていく。

それを、魔物たちは敏感に察知した。

――古龍が目覚める。

北の地の山の冷気が魔力とともに一気に駆け下り、周囲は吹雪に見舞われ、それはどんどん南下していく。

近くにいた小さな魔物は溢れる魔力で一瞬で消え去り、それより大きな魔物はその場から逃げ出し徐々に南下していく。


そして、稲荷が冬のボーナスの薪を五月のもとへと届けた少し後。

「おやまぁ……」

いつものキャンプ場の管理人の格好ではなく、スーツ姿の稲荷が、『神々の峰』の上空、寒空にポツンと浮かんで、荒れ果てた森林を見下ろしていた。

徐々に増えていく魔物たちの流れが五月の住む山に至るまでには、まだまだ時間がかかるだろう。

しかし、これ以上魔物が増えたら、途中の国々によって多少削られたとしても、いつかは彼女のもとまでやってくるかもしれない。

――あのブラックヴァイパーのように。

ブラックヴァイパーの多くは、元来、古龍の眠る山奥の中でも、一番南側に生息している魔物だった。それがあの山までやってきたのは、あの個体が特に敏感だったせいなのか、たまたまだったのかまでは、わからない。

このままではマズイ、ということだけは、稲荷にもわかっていた。

イグノスですら眠らせることを選んだ相手を、稲荷自身で消滅させられるとは思えなかった。ただ、元は聖女の親友であった存在であれば、説得できるのではないか、とは思った。

黒い魔力の暗闇の中、目を閉じている古龍の前に現れた稲荷。

「おはようございます～」

『……』

「もう、起きてますよねぇ？」

『……』

「もしもーし」

『……うるさい』

「起きてるじゃないですかぁ」

稲荷が古龍の目の前にまで近寄ると、古龍もさすがに片眼を開ける。黄金の瞳には苛立ちが浮かんでいる。

「どうも。稲荷と申します」

『……』

「……起きてるんだったら、魔力、抑えてもらえませんかねぇ」

『……』

「できるんでしょう？」

「もう、いつまでも拗(す)ねるの、やめましょうよー」

『……』

『拗ねてなどおらん』

「えー。だって、かなり強引(ごういん)に眠らせたって、イグノス様、言ってましたけど」

『……』

「もう～。拗ねてないんだったら、余計に止(や)めてくださーい」

『……』

「できるのにそのままにしてるのなんて、もう、嫌がらせでしかないじゃないですかー」

その言葉に古龍は、忌々(いまいま)しそうに大きく鼻息を吐き出した。

ただの人や魔物であれば、その鼻息だけで消し飛んだに違いない。

しかし、稲荷は異世界の神だ。髪が多少乱れた程度で、まったく影響もない。サッと髪を撫でつけた後、「はぁ」とため息をつく。

「……あなたが目覚めた意味を考えてください」

『……』

「イグノス様が、言ったのでしょう？『また必ず、彼女は戻ってくる』と」

『!?』

その言葉に、カッと目を開く。

『戻ってきたのかっ⁉』

大きな身体が、起き上がり、ぐわりと黒い魔力が洞窟の中で渦を巻く。

「あー、もう、落ち着いてくださいよぉ」

『落ち着いてなどいられるかっ。どこだ……どこにいる……』

真っ暗な洞窟の上を睨みつけるが、古龍には何も感じ取れない。苛立ちで魔力が駄々漏れになるのを、稲荷が外へ漏れないようにと慌てて抑え込む。

「はぁー、あなたには無理ですよ」

『なんだとっ⁉』

「あのですね、戻られたのは戻られましたが、元は私の管理する世界の人間として生まれ変わられたのです」

『管理？　……もしや、その気配……お前は、この世界の者ではないのか』

「ようやく、気付きましたか（こんな場所に存在していられる生き物などいませんよ。まったく、鈍感なのか考えなしなのか）……私は、別の世界の神の一人、イナリといいます。私の管理する世界の人間には、魔力がありません。だから、あなたが必死に彼女の魔力を探そうとしても見つけられませんよ」

『……魔力がなければ、この世界で生きにくいはずだ……苦労してるのではないか』

「あ、そこは、私とイグノス様で上手い事やってます」

その言葉に、古龍はぎろりと目を向ける。

『彼女は幸せなのか』

「こちらではそれなりに楽しんでいるようですよ」

『……そうか』

古龍は再び身体を屈め、再び目を閉じ、しばらく無言の時間が続いた。

『……稲荷といったか』

「はい、なんです？」

『彼女に……これを』

古龍の目の前に、青みがかった白い小さな丸い玉が浮かぶ。

表面を水色の渦が蠢いている。卵は徐々に大きくなり、ついにはダチョウの卵くらいのサイズになった。それがゆっくりと稲荷の手元へと動いていく。稲荷には、ソレが何なのか、すぐにわかり、一瞬だけ、嫌な顔をした。

「まったく……そんなに彼女に会いたいのですか」

『……よいだろう。どれだけ我が彼女のことを待っていたと思う』

「まぁ、渡しに行くのは構いませんけどぉ……（私、早いところ、嫁と子供たちに会いに行きたいんですけどねぇ）」

『何か言ったか』

「あー、はいはい。じゃあ、近いうちに彼女に渡しておきましょう」

『必ず渡せよ』

「はいはい」

稲荷は呆れつつも、先ほどまで溢れていた魔力が急激に減っていくのを感じとり、ホッとする。

『彼女の名は』

「望月五月さんと言いますよ」

『モチヅキサツキ……』

古龍は噛みしめるように、そう呟くと、ふぅっと深いため息をついた。


かつて聖女を殺した王家はもう存在しない。

あの時、古龍は聖女を守り切れなかった。

それは聖女が、裏切られたとはいえ、死の直前まで王太子を愛していたからだ。どんな冤罪をかけられようとも、いつか、助けてくれると最後まで信じていたからだ。

彼女が、冤罪をかけたのが王太子本人だと知ったのは、死の直前。

その時の悲痛な叫びが古龍に届いた日のことを、彼は今でも鮮明に覚えている。

『今世こそは……』

古龍は湧き上がる想いを胸に押し込め、再び目を閉じた。

五章

古龍の卵と初春の山整備

ログハウスの裏手にある貯蔵庫から、真空パックされた大ぶりなハムを抱えて出てきた私は、空を見上げる。

「……まだやまないなぁ」

敷地の中はチラチラと雪が降っているけれど、その外は相変わらずの猛吹雪。結界のおかげだというのを、ビャクヤたちに聞いて驚いたけれど、雪塗(まみ)れにならないで済むので、ありがたいことであるのは間違いない。

当然、空は雲に覆(おお)われていて薄暗いから、太陽光での充電はうまくいかないはずなんだけど、スマホもＬＥＤのランタンも充電がちゃんとできている不思議。

「うう、寒いっ」

ぬかるんだ地面を歩きながら、急いでログハウスへと戻る。暖かくなったら、敷石みたいなのを買いに行くべきか。

『さつきっ！』

『それ、なに？　なに？』

ホワイトウルフのハクとユキが、いつの間にかログハウスの玄関先で待ち構えていた。私が貯蔵

庫から取り出してくるのが食料なのを理解しているからか、尻尾が激しく振られている。

「ハムよ」

『はむ？』

『それ、うまいか？』

基本的に、彼らはビャクヤたちとともに、山の中の生き物（それには魔物も含まれるらしい）を狩って、食べているそうなので、私が餌をやる必要はない。

しかし、前に猪肉をお年玉代わりにハクたちにやってしまったせいで、味を覚えてしまったらしい。一応、稲荷さんからのお裾分けというのを知って、びびっていたけれど、美味しさには勝てなかったようだ。

あれ以来、私が貯蔵庫から肉らしきものを取ってくると、物欲しそうに玄関先で待ち受けるようになってしまった。

「これは、私のごはんなんだけど……もう。少しだけよ」

『やった』

『やった！』

私がログハウスの中に入っていくと、ドアの開いた状態で、二匹は大人しく玄関先でおすわりしながら待っている。

玄関先にはこの冬ごもり中に、パッチワークで作った玄関マットを敷いてある。家の中は土足厳禁なので、ちゃんと靴を脱いでスリッパに履き替える。

キッチンに行くと、すぐに真空パックからハムを取り出し、ナイフで何枚か切り分ける。薄っぺらいのじゃ納得しないのは目に見えているので、少し厚めに。

「はい、お待たせ～」

私は紙皿に山盛りにしたハムを手に玄関へ向かうと、二匹がぶんぶんと尻尾を振って待っている。

この子たちにあげられるような餌の器を用意しなきゃいけないかな、なんて考えている時点で、これからも餌をあげるつもりになっている自分に、ちょっと笑ってしまう。

だって、この図体からして、大量に食べるのは予想がつく。それに親たちの姿を思えば、大人になった時に、その量がどれくらいになるか想像しただけでゾッとする。

そういえば、こうしてこの子たちにあげていること自体、問題ないんだろうか。

「はっ！　そういえば、犬にハムっていいのかな……塩分高いから、駄目なんじゃ⁉」

彼らの目の前まで来て思わず固まる。この子たちの親にあげていいか、確認しておくべきだった。

『さつき、さつき、まだ？』

『いいにおいする！』

「え、あ、ちょ、ちょっと待って！　ビャクヤたちは？」

『とうさまは、かりにいってる』

『かあさまは、ねてる』

「え、調子でも悪いの？」

『うーん、わかんない』

いつも狩りに行くなら二匹で出かけていたのに、と普段と様子の違うことに不安になった私は、皿にハムをのせたまま、厩舎(きゅうしゃ)へと向かう。

『くれないの？』

『おいしそうなの』

涎(よだれ)をだらだら垂らしながら、私の後を追いかけてくるハクたちに申し訳なくなるけど、ここは心を鬼にする。

「ちょっと待って。一応、シロタエに聞くから」

『なにを？』

「これを食べて大丈夫かどうか」

『だいじょうぶじゃないの？』

『おいしそうだよ？』

「うん、でもね、私のいた場所では、確か犬は食べちゃ駄目だったのよ」

『ぼくたち、いぬじゃないぞ！』

『そうよ！　いぬじゃない！』

二匹が怒るのもわかる。彼らは、聖獣フェンリルの血を引いているから、ただの犬とかと同列にされるのは許せないのだろう。しかし！

「万が一があったら怖いから！」

『だいじょうぶなのに』

『ねー』

それでも、無理やり食べようとしないところが、偉い。ハムに向ける視線は痛いけど。

厩舎のドアをハクが開いてくれる。親たちが自分でやっている姿を見て、彼も覚えたらしい。

「ありがと、ハク……シロタエ、調子悪いの？」

厩舎の床に丸くなって寝ているシロタエに声をかける。

『あら、五月様、どうしました？　……ずいぶんとよい匂いをさせて』

顔を持ち上げてそういうシロタエ。人じゃないから、顔色とかはわからない。

「あ、うん、これ、この子たちにあげても大丈夫か聞こうと思ったんだけど、その前にシロタエが寝てるって聞いたから」

『ああ、ご心配をおかけしたようですね』

ホワイトウルフなのに、クスッと笑われた気がした。

『フフフ、どうも赤子が出来たようなのです』

『あかご？』

『あかごってなに？』

「え、え、え～⁉」

まさかのシロタエの妊娠発覚。

今日は身体が怠かったのだそうで、狩りをビャクヤに任せたのだそうだ。

「おめでとう。ハクたち、お兄ちゃんに、お姉ちゃんだ」

『おにいちゃん？』

『おねえちゃん？』

「そうよ～。生まれてくる子は、まだすごく弱いだろうから、ハクたちもビャクヤたちと一緒に守ってあげなきゃね」

そう言っても、彼らにはよくわからないようで、首を傾げている。これは親たちから聞くのが一番だな。

「それはそうと、シロタエ、これ、ホワイトウルフは食べても大丈夫？」

私は手にしていたハムののった皿を差し出す。シロタエの鼻先に出すと、クンクンと匂いを嗅いだ後、目をカッと見開き……ペロリと食べてしまった。

「あ」

『あーーーーー！』

『やーーーーー！』

『美味しいですわ！　さすが、五月様！　素晴らしいものをありがとうございます！』

――塩分、大丈夫なのか？

不安になった私は、自分の住んでたところでは、犬にハムを与えては駄目だったんだけど、と伝える。しかし、シロタエは気にするふうでもなく、人の食べる物であれば、彼らは問題なく食べられると言う。その上。

『五月様が手を加えられたものですから、この上ない力となりましょう』

「え」

私がやったのは、ただハムを切っただけなんだけど。

『ご心配でしたら、一度、鑑定されてみては？』

キョトンとした顔で言うシロタエ。

すっかり、あちらの食品を『鑑定』しようとまでは思ってもいなかった私。慌ててログハウスに駆け戻る私の後を、再び、ハクたちが追いかけてくる。

『さつき～！　はむ～！』

『はむ～！』

「わ、わかった、わかった！　ちょっと待って！」

彼らの勢いに、早いところあげないと、私が食べられてしまいそうな気がしてくる。

ログハウスに戻ると、さっそくタブレットで調べた。

一応、切る前のハムは、ただの『普通のハム』だった。それ以上でもそれ以下でもない。

そして、私が『普通のハム』から切った薄切りのハムを『鑑定』アプリで調べてみると。

名称／元聖女が切ったハム

効能／食することであらゆる生き物の身体の不調を整える

「『元聖女が切ったハム』って何」

思わず言葉が零れる。

いや、『元聖女』ってどういうことよ。一瞬、思考が停止する。

『さつき～』

『まだ～？』

「あ、ごめん、ごめんっ、もうちょっと待って！」

二匹が騒ぎだしたけれど、それどころではないのだ。

『食することであらゆる生き物の身体の不調を整える』

何それ、である。

文面を見る限り、ホワイトウルフにやっても害にはならないんだろうけど。

――ハムに〝効能〟って何!? ただのハムが薬扱いになるの、おかしくない？

しかし、それ以上に気になるのは、『元聖女』だ。この言葉を素直に信じれば、私が『元聖女』ということにならないか？

ふと、この山を買う時の、イグノス様と稲荷さんとの会話を思い出す。

『普通、両方の世界を往復できるのは、神と同等の能力を持つものだけだ』

神ではないけれど、特殊な存在であると、彼らは言っていた。

『とにかく、君が山を買って、ここに住んでくれると、すごく助かるんだ』

ただ住むだけでよくて、そして、ちゃんとお金までくれる。

山を買うことで、この世界の輪廻の輪に入ることになるとも言っていた。

「私が『元聖女』だから？」

でも『元』だから、関係ないのか。魔法だって使えるわけでもないし。でも、『食することであらゆる生き物の身体の不調を整える』というくらいだし、私にも何らかの力があるんだろうか？

『さつき～、まだぁ？』

『ぐぅ～、がまんのげんかい～』

「あ、ごめんごめん！」

とりあえず、問題はなさそうなので、急いで紙皿に盛ったハムを二匹の目の前に置く。

『むっ、むっ、むっ』

『おいしーね、むぐ』

――くっ、なんで、この子らはこんなに可愛(かわい)いんだっ！

二匹が美味しそうに食べている姿を見ていると、食べ終えた二匹の目がピタリと私を見上げ、コテリと首を傾げている。

『……おかわり、だめ？』

『だめ？』

――のぉぉぉ～！　なんだ、この可愛さはっ！

これにどうやってあらがおうか、と悩んでいたところ急に強い風が敷地の中を吹き荒れた。

「うわっ⁉」

『なんだっ⁉』

『うきゃっ』

突風の勢いに、私は思わずしゃがみ込み、ハクたちは私を守るかのように玄関前に固まる。

「あ～、ごめんなさい～」

いきなり、のんきな声が聞こえたかと思ったら、ぶくぶくに完全防寒している稲荷さんが現れた。まるで南極探検隊か、というくらいの重装備だ。

そもそも、あの猛吹雪の中、どうやって現れたんだろう、と不思議に思いながらも、まぁ、稲荷さんだし、と思うことにした。

「それにしても、すごい格好ですね」

正直、そこまでする必要ある？　と思うくらいなんだけど、稲荷さんの眉毛(まゆげ)に霜が降りている。もしかして結界の外は、相当、気温が低いのだろうか。

「やはり、ここは天国ですなぁ」

「いやいや、十分寒いんですけど」

私は某メーカーの温かくなる薄手のダウンジャケットに、ジーンズじゃなくて、中がもこもこしてるパンツ。稲荷さんの格好と比べれば、確かに薄着ではある。

「でも、雪は積もってませんし」

「ま、まぁ、そうなんですけど」

先ほどの突風は、どうも稲荷さんが結界を無理やり開けて中に入ってきたせいだそうで、それくらい外は凄(すご)い風が吹きまくっているってことか。

こんな中で、ビャクヤは妻子のために餌を取りに行ってるんだから偉いもんだ。

「あ、あけましておめでとうございます」

「おめでとうございます」

いきなり年始の挨拶をした稲荷さんに、私も慌ててお辞儀をする。

「今日は、お渡ししなきゃいけないものがあって、お邪魔したんですけど……」

そう言う稲荷さんの手元に、いきなりダチョウの卵くらいの大きさの丸い物が現れた。

「……化石？」

「いえ、卵です」

「もしかして、ダチョウの？」

「違いますよぉ」

そう言って、私に「はいっ」と渡してきた。

「わ、重っ、え、あったかい？」

「もう、ずっと『収納』したまんまだったもんで、まさかここまで天気が荒れるとは思いませんでしたよぉ」

「うん？」

私が卵と稲荷さんを、何度も見比べていると、厩舎からのそりとシロタエが出てきた。

『何かと思ったら、稲荷様でしたか……あ』

そう言って、途中で固まるシロタエ。

いきなりプルプルと身体を震わせ、何かを恐れるように、優美な尻尾が股の間に挟まれている。

「だ、大丈夫？」

「あー、お前では、コレの魔力の濃さは厳しいか……って、子供らは気を失ってるし」

そう言われて、慌てて足元を見ると、二匹とも地面に倒れていた。

「え、え、ちょっと、稲荷さん、どういうことです⁉」

「ん〜、とりあえず、それ、家の中にしまってきてください。話はそれからで」

――原因はこの卵か⁉

慌ててログハウスの中に入り、とりあえずキッチンカウンターに置いた。

「こ、転がるなよ〜」

プラスチックのざるを取り出して、とりあえず入れておく。いきなり物騒なものを渡された気がするんだけど。

よくよく見ると、卵の殻はうっすらと青みがかっている。あちら（日本）の鶏の卵に青っぽいのがあったのを思い出す。いいお値段だった記憶がある。

――もしかして、これ、食べられるのかな。

大きな目玉焼きを頭に思い描き、うちにあるキャンプ用の小さいフライパンだと小さいかもしれない。目玉焼きが無理なら、卵焼きにしてもいいか。

そんなことを考えながら、外に出てみると、すでにホワイトウルフたちはその場にはいなくて、稲荷さんだけが立っていた。

「あれ……あの子たちは？」

「あっちの小屋（厩舎）の方に連れていきましたよ（はぁ……やっぱり、あの方のせいだったか……）」

　のんびり言いながら、上着を脱ぎ始める稲荷さん。

「あの？」

「あ、いやぁ、どうも吹雪きもやんだようで……ちょっと、暑くなった気がしましてね」

　そう言われて、空を見上げると、雲間から青空が見え始めた。

「え」

「それで、あの卵なんですけどね」

「あれは何なんです？」

「古龍（コリュウ）の卵です」

「コリュウ？」

「あー、エンシェントドラゴン、て言えば通じますかね」

「は？」

　――この人、ドラゴン、って言いましたか？

　ドラゴン？　中華なやつ？　それとも西洋なやつ？

　あの青い卵が、ドラゴンの卵？

「あの、この世界って、ドラゴンなんているんですか」

確かに、フェンリルの血をひくホワイトウルフがいるし、ブラックヴァイパーというでかい蛇もいるから、それっぽい魔物はいるのかな、とは思ってはいた。しかし、実際、他の魔物を見ていないし、ホワイトウルフにしてもブラックヴァイパーにしても、大きく想像を超えていないというか。しかし、ドラゴン、となると話は違ってくる。

「いますよぉ。この山の周辺にはいませんけどね」

「……今更過ぎる質問ですけど、よくファンタジーな本とかに出てくるゴブリンとかオークとかは」

「いますねぇ。特に深い森に多くいますよ。特に『魔の森』と言われるようなところにね。この山の周辺にはそれほど深い森はありませんから、この辺には（あまり）いないかもしれません。ここには（フェンリルの血をひく）ホワイトウルフがいるんで、余計に近寄ってはこないでしょうね」

「な、なるほど」

ビャクヤたちのおかげによるところが、かなり大きいのはわかった。

今度、稲荷さんから貰った猪肉や鹿肉があったら、おすそわけ必須だ。

「まったく、望月さんに渡すのが遅れたからって、こんな天気にすることないのに」

稲荷さんの呟きが聞こえなかったので、思わず「は?」と聞き返す。

「いやね、あの卵、年末に渡されてたんですけど、私も年末は家族水入らずで過ごしてたもんでね。いやぁ、久々にのんびりできましたわ～」

「で、渡されて……忘れてた、と」

「ヤダナァ、ソンナコトアルワケナイジャナイデスカァ」

「完全に棒読みなんですけど……ところで、あの卵って、食べていいんですか？」

ダチョウの卵は食べたことはないけど、きっと同じくらいの大きさだろう。

「え？」

「あれ？　食べていいから、渡されたのかと……」

「ドラゴンの卵ってわかってても、食べます？」

「あ……ドラゴンって、爬虫類でしたっけ？　爬虫類のワニの肉は食べるというけど、そういえばワニの卵って食べられるのかな……」

「いやいやいや……問題、そこですか？」

若干、サバイバルじみた生活をしてたから、普通に食べるものと思ってしまった。

「そもそも、誰から渡されたんです？　そのコリュウの卵」

「古龍からですけど」

「は？」

「望月さんに渡せって言われまして」

「え？」

――コリュウってしゃべるの？

さすがに、きっちり話を聞かせてもらわねば、と帰りたそうな稲荷さんをつかまえて、ログハウスの中に引きずり込む。

お客さんを迎えられるほどの環境は整ってはいないけれど、今話しておかないと、次に会えるのは休業期間が終わる頃。だいたい一ヶ月くらい先だ。そこまで待てない。

「ちょっと、お茶出しますから」

「おかまいなくー」

入ってすぐ、カウンターに載ったざるの中に入っている卵に気付いて、一瞬ギョッとした顔になる稲荷さん。

（本気で食べる気だったのか⁉）

そんな稲荷さんをよそに、カウンターに置いていた大きめの湯呑を取り出す。寿司屋とかにあるアレだ。それを稲荷さんに差し出して、私のはキャンプ用のステンレスのマグカップ、そして紙皿にかるく炙った干し芋をのせて、ミニテーブルに置く。早いところ、大きなテーブルと椅子が欲しい。もしくは卓袱台？　でも、暖炉に卓袱台ってどうなんだろう。

自分用に作った座布団もどき（ホワイトウルフの毛入り）に座ってもらおうとして差し出したのだけれど、受け取る前に稲荷さんが固まる。

「……なんか、すごいもの作ってますね」

「下手ですいませんね。自作なんで」

稲荷さんの失礼な言葉に、少し落ち込む私。

確かに、手芸初心者の手縫いなんで、ちょっと雑かもしれないけど。それを言ったら、玄関先の玄関マットもなんだけど。

悔しい気持ちを干し芋に向けて、むしゃりと嚙む。美味い。

「いやいやいや……その、下手とか、そういうのではなくですね……これ、ホワイトウルフの毛、使ってますよね」

「使ってますけど……よくわかりましたね」

「で、その上、望月様のお手製で……とんでもない加護付きの座布団になってるんですけど」

「へ？」

私の目には、ただのお手製の座布団もどきなんだけれど、稲荷さん曰く、中身がホワイトウルフの毛っていうだけで、魔物避けになっているのはもちろん……癒しの加護がついているというのだ。

私は慌ててカウンターに置きっぱなしだったタブレットを手にとり、『鑑定』してみた。私はタブレットの画面を見て、固まる。

名称／元聖女お手製の座布団（五月専用）

性能／魔物除け。癒しの加護（疲労回復速度アップ）

ハムの時同様、これにも『元聖女』ってあった。慌てて今度は玄関マットを『鑑定』してみると。

名称／元聖女お手製の玄関マット（五月のログハウス専用）

性能／結界機能付き

これにも、なんか機能がついていた。

「こ、これって、この世界では普通にあることなんですか？」

「……ないですなぁ」

「それに、この『元聖女』ってなんなんです？」

「あ」

「さっき、ハムを切ったのを鑑定したら、それにも『元聖女』ってあって」

「あちゃ～」

見るからに、やらかした感のある顔で、頭をかく稲荷さん。

「いやはや、失敗しました。そのタブレットに『鑑定』アプリ入れたら、色々鑑定してみたくなりますよねぇ」

――すみません。全然興味ありませんでした。たまたまなんです。

「あー、これは、イグノス様には教えなくていいと言われてたんですけどねぇ」

まいったなぁ、と呟くと、稲荷さんが語り始めた。その内容に顔が引きつる。

――なんと、私の前世がこの世界の『聖女』だった!!

ファンタジーかよ、と内心、一人で突っ込む（そもそも、ここ異世界だったわ）。

そして、こちらで死んだ聖女を、イグノス様自身があえてあちら（日本）へと転生させたのだとか。こっちで何かあったのだろうか。

勘繰り（かんぐ）りそうになる私に新しい情報が追加される。

なんと、古龍は私の前世での親友だったらしい。

「古龍が親友……？」

「まぁ、詳しいことは私も存じませんので、古龍が会いに来たら話でもしてやってください」

「え？　古龍がここに⁉」

「ええ。たぶん。あの卵、望月様の居場所を確認するために渡したんだと思うんで」

……まさかの卵のＧＰＳ。

「まったく、すぐに渡さなかったからって、あんな猛吹雪を起こすとか、酷いと思いませんか？」

「……は？　え、あの猛吹雪って、古龍のせい？」

「そうですよ。古龍は北の山で眠ってたんですけど、年末に行った時には、もう目覚めてましてね。不貞寝（ふてね）してたのを、無理やり起こしたんですけど」

「なんで、寝てたのを起こしたんです⁉」

「いやぁ。元々、古龍の眠りは聖女が戻ってくるまでっていう縛りがありましてね」

「……まさか、私が山を買ったから？」

「あは。まぁ、そういうことになりますかね」

——ちょ、ちょっと、何、軽く言っちゃってるの⁉

「古龍が起きちゃって、大丈夫なんですか！　この世界とか！　世界が破滅するとか⁉」

「大丈夫ですよぉ。本来、古龍は穏やかな性格らしいですし（聖女が亡くなった時はそうでもなかったようですが）。ほら、外の天気もすっかりよくなっちゃってるじゃないですか」

「それが何か」

「卵が望月様のもとに届いたのがわかったんで、落ち着いたんでしょうよ。まったく、長命種のくせに、せっかちなんだから」

「……それって、稲荷さんがずっと卵持ってたからなんじゃ」

「えー。ずっと、なんて、たかだか二週間程度じゃないですか？」

「いやいやいや！　こんな悪天候になるんだったら、もっと早くに持って来ましょうよ!?」

「だって、南の島にバカンスに行ってたんですから、知りませんがな」

——こっちは雪に閉じ込められてたっていうのに、稲荷さんはのんきにバカンスですと!?

「あ、そうそう。望月様、お芋さん、まだ少しあります？　うちの嫁が、美味しい美味しい言ってましてね」

「稲荷さんっ！」

あまりの呑気さに、思わず怒鳴ったけど、肝心の稲荷さんはどこ吹く風。仕方なく、麻袋に入った芋を渡すと、ほくほく顔で帰っていった。

まったく、あの人が古龍の卵を放置したおかげで、猛吹雪になるとか、無責任すぎる。

あの吹雪が、他ではどれくらい影響があったのか、気になるところではあるけれど、私にはどうしようもない。

卵の魔力については、ログハウスの中に置いておく分には、外に漏れることはないらしい。それも、あの玄関マットの効果の一つだとか。ハクたちが家の中に入らないのも、そのせい。私が入ってもいいとしないのだそうだ。残念ながら、お利口さんだったわけじゃなかった。

結局、卵GPSを捨てるわけにもいかず（私の存在を認識したからだと稲荷さんに言われれば、手の出しようがない）当然、食べるという選択肢もない。

私はまだ会ったこともないけれど、前世で親友だったとかいう相手の卵だし。それを抜かしても、古龍を怒らせそうなことはしないに限る。

さすがにざるに入れっぱなしというわけにもいかず、ブランケットに包んで、二階のベッドに置いておくことにした。床に置いておくと蹴っ飛ばしそうだし、何より、冷える。

そもそも、古龍……エンシェントドラゴンの雛って、どんなんだろう。

爬虫類は、積極的に触れたいわけではないけれど、あのブラックヴァイパーを見てもそれほど怖くなかった自分。ダチョウの卵サイズのドラゴンだったら、可愛いんじゃないだろうか？

ログハウスに卵を置いてきた私は厩舎に行って、シロタエたちの様子を見にいった。

さっきの様子だと、かなり怖がっていたようだし、ハクたちに至っては気絶までしてたのだ。心配になるのは当然のこと。

「シロタエ、大丈夫？」

『五月様？』

「稲荷さんはもう帰ったよ。ハクたちは、まだ寝てるかな」

『はい、あんなに強烈な魔力は初めてだったものですから……お恥ずかしい姿をお見せしました』

しゅんと耳を伏せている姿は、大きな身体に似合わず、可愛らしい。

ハクたちはまだ目を覚ましていないようだ。古龍の卵の魔力って、どんだけ強烈なのよ。

「気にしないで！　私にはわからないけど、あなたたちにはキツかったのでしょ？」

こくりと頷いたシロタエが、恐る恐る聞いてきた。

『あの、五月様？　アレは、もしや古龍様の……』

「あはは……うん……なんか、卵らしいよ？」

『や、やはり』

シロタエがソワソワしだした。

「もしかして、アレの魔力って、シロタエの身体に悪いんじゃ」

『え、ええ、ちょっと魔力が濃くて……ハクたちも気絶するほどであれば、赤子のほうが心配で』

「一応、ログハウスの中にあれば、問題なさそうなことを稲荷さんが言ってたはいたから、大丈夫だと思うんだけど」

『そ、そうですか。確かに、今はなんともありません』

「とりあえず卵はログハウスに置きっぱなしにしておくから、シロタエたちは気にしなくていいわ」

『よろしいのですか？』

「いいわよ、いいわよ。吹雪がやんだとはいえ、まだしばらくは寒いでしょうし」

山頂の彼らの巣穴に戻るのは、もう少し暖かくなってからでもいいはずだ。

「赤ん坊が産まれるまでいてくれてもいいのよ？」

『ありがとうございます』

少しホッとした様子のシロタエ。

私も、もふもふな彼らと一緒にいたいし、赤ちゃんも見てみたい。

せっかくの機会なので、私はシロタエにブラッシングの許可をとって、『収納』からブラシを取り出して、さっそくシロタエの毛を梳き始めた。


吹雪はやんだけれど、積もっている雪は相変わらず残っている。ウッドフェンスの上まで積もっている様子に、こっちに落ちてこない不思議に、感心する私。

出入り口となる両方の道も完全に埋もれている。ただ、湧き水側の道は、ビャクヤたちが踏みつけたり、風の魔法で吹き上げているおかげで、少しだけ減っているようだ。しかし、そこを歩くには、私が持っている踝上程度の長靴じゃ無理。魚釣りとかに履いていくような膝上くらいのものじゃないと、完全に埋没すると思う。

ようやく日が差すようになったので、早いところ解けてくれるのを祈っている。

その間、私は身近な物をタブレットで色々と『鑑定』してみて、その結果に思わず啞然となった。

まず、『タテルクン』を使って建てたモノには、軒並み『結界機能』が付いていていた。

物置になっている小屋や厩舎には、ホワイトウルフたちは問題なく入っている。ログハウスとの違いは、私が入るよう言ったからだろうか？　玄関マットのせいだけではなかったのかもしれない。

そして、あちらで買ってきたリンゴの苗木は、ただのリンゴの木と表示されたんだけど、梅と柿、桜には、『結界機能』の他に、なぜか『浄化機能』なるものまで付いていていた。

――なぜ『浄化機能』？　私が口にしたモノだから？

そう思ったら、なんだか微妙な気分になったので、他の物を『鑑定』してみた。

まずはこの土地で育てた野菜類。今は畑にはないので、小屋や貯蔵庫の在庫を『鑑定』してみると、機能のようなモノはないけれど、精霊たちによる高濃度の魔力が含まれてるとか出た。

「こ、これは、私が食べても問題ないのよね？」

特に稲荷さんから注意されたわけでもないし、大丈夫なはずだ。

そう自分を納得させて、次に、敷地の周りに置いたガーデンライトについて『鑑定』してみた。

「うそーん」

思わず声が上がった私。

何が驚いたって、『光の精霊の加護』が付いてるのだ。『光の精霊の加護』は魔を払う加護らしく、悪いモノは近寄って来ないらしい。

もしかしたら、道沿いに置いてあるガーデンライトがある辺りは、魔物が近寄って来ないかもしれない。

「え、じゃ、じゃあ、後は車！」

……残念ながら、これはただの軽自動車でしかなかった。

これにも『光の精霊の加護』がついてたら、魔物を気にせずに山を下りられるんじゃ、と思ったのだが。

「何が違うのよぉ」

思わず、呻（うめ）くように声を上げてしまう私なのであった。

＊　＊　＊　＊

精霊たちは、クスクス笑いながら、五月の周りを飛び回る。

『だって、あのあかり（ガーデンライト）にはわたしたちのちからをこめてるものね』

『あのデカいかたまりには、なにもしてないものね』

『ひかりのちからをこめられるものなんて、ないんじゃない？』

『ねぇねぇ、あのかおのめだま（ヘッドライトのこと）は？』

『そういえば、よるにひかってたかな』

『しょうがないなぁ、いとしごのために、かごをつけとく？』

『フフフ、あとできづいて、おどろくかな』

『おどろいたらおもしろそう！』

キャッキャと盛り上がる光の精霊たちをよそに、肩を落とした五月はログハウスに戻っていった。

＊　＊　＊　＊

二月に入った。

あれから雪が降ることもなく、好天が続いている。多少雪が残っているところはあるものの、道の雪はなくなったおかげで、こちらの町へ向かう道を作るための草刈りも進んだ。薪のストックも、妊婦のシロタエと精霊たちが手伝ってくれるおかげで、あまり減っていない。

最近、ハクとユキは、ビャクヤと一緒に狩りに出かけるようになった。

自分たちが兄や姉になる自覚が出てきたのか、せっせとシロタエに獲物を届けている。

どこから見つけてくるのか、彼らの獲物はかなり大柄な物が多い。猪や鹿、猿みたいなのも捕まえてくるのだが、どれも、動物園で見たことのあるものよりも一回り以上大きい。それを狩ってくるのも凄いけど、厩舎にまで運んでくることのできるハクとユキの身体能力の高さには、びっくりである。

最初の頃は、厩舎の中に餌の残骸が残っていたら、掃除しないと駄目かな、と思っていたのだけれど、翌日に覗きに行くと、何も残っていなかった。まさか、骨や皮まで食べちゃうのか⁉ と驚いてシロタエに聞いてみたら、気が付いたら消えてなくなってた、とのこと。

もしかして、これも『収納』しなかった草刈りのゴミ同様、勝手にKP化されてるのかも、とタブレットで確認したら、予想通りに追加されていた。とりあえず、素直に感謝している。

そして今日はお裾分けと言って、ハクとユキがうさぎを二羽、持ってきてくれた。

普段であれば、この大きさの獲物は現地で食べてきてしまうのだそうだが、今日は帰り際に見つけたのでそのまま持って帰ってきたのだそうだ。

「ありがとうね」

『フフフ、ユキ、がんばったの』

『そうだぞ、きょうのえものは、ユキがとったのだ』

胸を張って尻尾を振っている二匹の姿は、なんとも可愛らしいのだが、目の前のそれは、血まみれで、毛皮がボロボロ。ユキの口元や前足も血で汚れている。うさぎ相手とはいえ、苦戦したのだろうか。

一方、ビャクヤがシロタエのために運んできた獲物（かなり大きな熊？）は、状態がよさそうに見える。ビャクヤが加えている首元から血が流れているだけで、他に傷口は見られない。いそいそと厩舎に入っていく姿が、愛妻家の背中に見えるから面白い。

『とうさまは、かぜのまほうでいちげきなんだ』

『とうさま、かっこいいの』

『ユキは、まだ、まほうでうまくこうげきができないのだ』

『……れんしゅうするしかないの』

ハクが自慢気に言う一方で、しゅんとした顔になるユキ。

一生懸命にうさぎを追いかけるユキの姿が想像できてしまうと、例えボロボロでも受け取らない選択肢はない。私はユキの頭をわしゃわしゃと撫でてあげた。

「ありがとうね」

『うん！　つのうさぎ、うまいぞ！』

『おいしくたべてね！』

ハクの『つのうさぎ』という言葉に引っかかりながらも、受け取るだけ受け取った私は、ログハウスに戻る。

「『つのうさぎ』の『つの』って、角のことかな」

私は床にビニールシートを敷いて、そこにうさぎを並べた。しかし、見た目は、本当に茶色い毛のうさぎにしか見えない。角もない。そして、見事にボロボロ。食べる部位があるのか心配ではあるものの、そもそも、解体なんてやったことないから、『おいしくたべる』のは難しそうだ。

「一応、『鑑定』しておこうか」

名称／角うさぎ（うさぎの魔物）
備考／攻撃時に額から角を生やす（食用）

「……うん？」

目を擦（こす）り、タブレットの画面をもう一度見る。

角の生えるうさぎっていうのも気になるけれど、むしろ引っかかるのは『魔物』。

――うさぎなのに『魔物』？

パッと見ただけじゃ、本当にうさぎにしか見えない。

というか、ホワイトウルフとブラックヴァイパーの次に見ることになった魔物が、うさぎとは。

『鑑定』しなければ、ただのうさぎとしか思わなかっただろう。

稲荷さんから猪肉をもらったりしてたから、ジビエには抵抗はないし、むしろ美味しいとは思う。

しかし、一応、食用とはなっているものの、『魔物』となると躊躇してしまう。

「い、一応、食用ってあるから食べられるんだろうけど……そもそも解体できないし。『収納』して『売却』かなぁ」

後で美味しかったか聞かれそうなので、ちょっとばかり胸が痛い。

私は角うさぎを『収納』して『売却』しようとしたのだが、そこで『分解』メニューが使えたのを思い出した。

——この『分解』、もしかして解体と同じ使い方ってできるんじゃない？

ホワイトウルフの毛の汚れを落としたくらいだ。皮と肉、くらいに分けられてもおかしくない、はず！ というか、できてほしい。

「よし、『分解』っと……お、おおお……」

皮と肉（可食部）、その他に血や骨、内臓だのに分かれたのだが……。

「角と……魔石」

あちら（日本）では見たことがない『うさぎの角』に、『魔石』なんていうモノが出てきた。どちらも気になったので、両方とも取り出して見る。

『角』はあのうさぎの頭から生えるくらいなので、親指くらいの大きさかと思ったら、私の掌（てのひら）よりも長く、指二本分くらいの太さがあった。思いのほか大きい。どうやって、あの頭の中に入ってたのか、不思議だ。

そして気になるのは『魔石』だ。こっちは身体のサイズ通り、だいぶ小さい。小指の爪くらい。むしろ、ただの薄い赤い色のついた石と言われてもわからないだろう。

「けっこう綺麗な色してるのね」

窓から差し込む光にすかしてみると、シーグラスみたいだ。

「せっかくきれいなんだし、窓際にでも飾っておこうかな。使い道、わかんないし」

私はキャンプ用に持ってきていたステンレスの皿の中でも一番小さい皿の上に、魔石をころんと転がして、窓際に置いた。

結局、角うさぎの肉は、ブラウンシチューにして美味しくいただいた。じっくり煮込んだおかげで、肉がホロホロになって、まさにほっぺが落ちるとはこのことだなぁ、なんて、しみじみと思ったくらいだ。

毛皮と角、魔石以外はどうしようもないので『廃棄』。毛皮はさすがになめし方も知らないので『売却』。思ったほど高くなかったのは、ボロボロになっていたせいだろう。

シロタエ以外は、毎日獲物を狩りに出かけている。その代わり、体調の落ち着いたシロタエは草刈りをしている私の後を、周囲を警戒しながらついてきているようだ。

シロタエに聞いたところ、意外にも角うさぎは肉食らしく、無防備な私が遭遇したら、簡単に攻撃されて食われてしまうかもしれないのだそうだ。

うさぎなのに肉食というのが、全然想像ができないが、そんな話を聞いてしまってからは、角うさぎ、というか魔物に対する不安感が出てきたので、シロタエが傍にいてくれるのはだいぶ安心感が違う。

草刈機の騒音は、シロタエでもあまり聞きたい音ではないようで、少し離れたところで見守ってくれている。

「どれくらい進んだかな」

タブレットを手に取り、『ヒロゲルクン』の地図で確認する。

「うーん、あと四分の一くらい？　意外に、まだ距離があるなぁ」

それでも山の入り口近くまで行けば、山の外から繋がる道ともぶつかるだろうから、もう少し短いかもしれない。スタート時には、四日もあればいけるいける、なんて思っていたのに、なんだかんだとやることやってると、草刈りのほうにまで手が回らない。

ログハウスのある敷地から今立っている所までは、早歩きで40分近くかかったりする。草刈機は『収納』に入れたままにして、タブレットだけ肩掛けバッグに入れて持ってくるだけだから、それほど荷物にはならないものの、なかなかいい運動になっている。

こうして作ってきた道だけれど、今まで単純に草刈りと『伐採』をしてきただけなので、地面の状態があまりよくはない。湧き水辺りまでの道はビャクヤたちも使っているので踏み固められているけど、新しく草刈りされているところは、そうでもない。その上、道自体が山の斜面に合わせて少し蛇行している状態なのもあって、そこを車で走るのは、ちょっと不安だ。

中古の軽自動車とはいえ、まだ買ってそれほど経っていないし、そもそも、普通に街中を走るようなタイプなのだ。舗装した道路を走るにはいいけれど、こういう山道には向いてないし、車体も、石だの枝などで傷が付きそうだ。こんな道を走るなら、いわゆる４ＷＤや軽トラックみたいなもののほうがいいのかもしれない。

「だからって、新しい車を買う余裕はないもんなぁ……舗装でもできたら、少しはマシになるんだろうけど」

目の前の刈られた草の後を見て、思わずため息が出る。

そういえば、と、『ヒロゲルクン』のメニューを開く。『盛土』や『切土』は使ったことがあったけれど、最初からあった『整地』は使ったことがなかった。

さっそく『整地』を選択する。

『範囲を指定してください』

メッセージと共にこの山の地図が開いた。ほとんどが対象外の表示でグレーになっている中、ログハウスのある敷地から私が立っている位置までの範囲が茶色に着色されている。この範囲が『整地』可能ということなんだろう。

最近、ログハウスの敷地さえもが手つかずになっていて荒れ気味の自覚はあるが、今優先すべきは山道の整備だ。

「だったら、とりあえず道の部分を」

敷地の端の出入り口から私が立っている辺りまで、指先でずずっとなぞると、『整地しますか』とのメッセージ。さっそく『整地』を選ぼうとしたのだけれど、指定した範囲には５万ＫＰが必要と追加でメッセージが出てきた。思った以上にかかる。

ＫＰの残高を確認すると、４万ＫＰちょっと……少し足りない。たぶん薪作りのために『伐採』やら『枝払い』にKPを使いまくったせいだろう。

「こうして『収納』のＭＡＸまでの道は遠のいていくのよねぇ」

ため息をついたところで、ＫＰが増えないのはわかっている。

仕方がないので、湧き水のところから私の立っているところまでと、指定範囲を短くしてみた。これだと、ギリギリ2万ＫＰくらい。

「では、ぽちっとな……お、お、おおおっ！」

だだだだっと、湧き水のある方から地面が平らになっていく様に、思わず声が上がる。刈られた草の跡も残さず、小石すらない。すばらしいっ！

「うん、これなら車も傷まないかな……でも、山を下りきるまで、まだかなりあるのよねぇ」

まだ草木の残る先を見て、うんざりする。

『五月様……そろそろ、戻られては？』

そんな私に、シロタエが声をかけてきた。

「え、もう、そんな時間？」

慌ててタブレットの上に表示されている時間を見てみれば、もうすぐ十五時半。もう三十分もすれば、この辺りは薄暗くなってしまう。

その上、夢中になりすぎて、お昼を食べるのも忘れてた。一応、『収納』の中におにぎりとお茶を入れてきてたのに、失敗した。これは、そのまま夕飯にするしかない。

「はぁ、戻るかぁ……でも、戻るのも面倒だなぁ」

異世界こちらに来て、なんだかんだと動き回って、体力はついているとは思う。しかし、下っている間は気にならないのに、戻るために若干の上りになると嫌だなぁ、と思ってしまう。

『よろしければ、乗ってくださいませ』

「え」

シロタエが私の前で伏せをした。

『私であれば、大した距離ではございませんよ』

『五月様くらいであれば、うちの子たちなどよりも、軽いのですから』

「いやでも」

――ハクたち、また一回り大きくなってきてたもんな。

あれと同じくらい重いと言われたら、それなりにショックだ。

「で、では、お言葉に甘えて」

私は素直に彼女の背中に乗ることにする。

久々にホワイトウルフの背に乗せてもらったわけだけれど、さすがシロタエ、ちゃんと乗り手に合わせて、ゆっくりと進んでくれる。ビャクヤに乗った時は、かなりのハイペースだった。ほんと、よく落ちなかったもんだ。

『五月様、この道の両脇わきに、敷地にある木々を植えたりはしませんの？』

「え？」

そう言われて、道の両サイドへと目を向ける。

ほとんどが針葉樹のようで、早春のこの時期でも緑の葉を茂らせている。一応、近場にあったのは薪にしてしまった。おかげで、日差しが入り込むようにはなってきたので、この道もそこそこ明るい。

『この道沿いに、五月様が木々を植えられたら、精霊たちが喜んで、こちらにもやって来るのではないかと思いまして』

「そうなの？」

『実は、最近、敷地内が精霊たちで溢（あふ）れかえってましまして。特に土の精霊なんですが……少しばかり、騒々しいんですよ』

「そ、そうなの？」

精霊の見えない私には、当然、彼らの声も聞こえない。でも、シロタエが騒々しいと感じるくらいだし、どんだけ大勢いるんだろう。

敷地の四隅に植えた桜・リンゴ・柿・梅の木が、野菜たちほどではないものの、かなりのスピードで成長してたのは知っていたのだ。きっと土の精霊のおかげなのかなー、くらいには思ってた。

『五月様が野菜や木々の成長をお喜びになっている姿に、まぁ、なんというか調子に乗ってしまってましてねぇ』

「調子に……？」

『ええ。他にも手伝いたいと思っている者が新たにやってきては、喧嘩になってるんです』

――そんな事実、初めて知ったよ！

「ご、ごめんよ～。え、彼らが喧嘩になってるって、騒々しい以外に何か問題ある？」

『いえ、それ以外は……（見えないから仕方がないとはいえ、まるでトビムシが群がるような状態になっているのは、気持ちのいいものじゃないのよねぇ……それに他の精霊たちもうじゃうじゃと……敷地内で埋まっている状態はねぇ……）』

「じゃ、じゃあ、何、私が植林すれば、少しは分散する？」

『そ、そうですね。あそこには他にも、水の精霊と、光の精霊が多くいまして……』

「あう……えーと、彼らはどうしたらいいんだろう」

『水のは、敷地内の池の辺りを少し広げてやってみては？　敷地から流れ出ている水も、すでに小さな川になりつつあります。その辺を整備してやったら、喜ぶのではないでしょうか』

「ふむふむ」

池に関しては、元から広げようと思っていたので、そのまま実行するつもり。

それに、小さな川と言っているのは、排水している水のことを言ってるんだろう。普通にそのまま地面に浸み込んでいるものだと思ってたけど、一度、ちゃんと確認したほうがいいかもしれない。

『光のは、あの夜に光っているアレが気に入っているようですし、アレを増やしてやってはどうでしょう？』

「ガーデンライトかぁ。あれは、あっちに行かないと手に入らないいんだよねぇ」

ログハウスの敷地には十分あるから、やっぱり、道沿いに増やすのがいいだろう。

「でも、そろそろ、キャンプ場の休業期間も終わるだろうし、その時にでも買い出しに行ってみるかな」

『とりあえず、道沿いに木を植えるあたりからやると、土だけではなく、水のも手伝いたがるかもしれませんよ』

「そうかな」

『ええ。何せ、水のは、わざわざ湧き水のところから移動してきたそうですから』

「そ、そうなのっ⁉」

私の知らない事実が、また一つ、暴(あば)かれたのであった。


翌日、まずは池の大きさを変えてみた。

今までのは直径1mくらいの小さな池だったけれど、倍くらいの2mに変えて、もう少し深くしてみた。これだったら、ビャクヤとシロタエ、二匹が並んでもなんとかなるだろうか。

「あとは、ウッドフェンスの向こう側がどうなってるかだけど……なんか排水口の辺りの木が立派になっているのは気のせいかなぁ……」

山の上の方の木に比べて、下側のウッドフェンス越しに見える木のほうが、幹も太くなっているような。湧き水側の出入り口からぐるりと外を覗いてみる。

「……うん、やっぱり、ちょっとだけ大きい木が増えてるかな」

『だいぶ魔力を蓄えているようですね』

「え」

今日もシロタエが一緒だ。

私の背後から、同じように覗いてみている。

『周囲の木よりもだいぶ太いでしょう？　たくさんの土の精霊があの敷地にいるせいもあって、水の精霊の魔力の他に、土の精霊の魔力も流れているんだと思います』

塩ビの排水管を使っているものの、元となる池から土の養分が流れているのかもしれない。シロタエは、このまま放っておくと魔物化するかも、なんて恐ろしいことを言いだした。

「え、え、え、木も魔物になるの⁉」

『そうですね、トレントなどが有名でしょうか』

——やだ。その名前、聞いたことあるわ（遠い目）。

「どうしよう、とりあえず、『伐採』しておこうかな」

しかし、ちょっと斜面がキツイ。タブレット片手に『伐採』しようにも、足元が不安定になりそうだ。それ以上に、無理に歩いて行ったら、滑り落ちそうだ。

「うーん、ここ、『伐採』して『整地』したら、歩けるようになるかな」

『私の背に乗ってくだされば、近くまで行けますよ』

「ごめんね、お願い」

素直にシロタエの言葉に従うことにする。ザザッと軽快に斜面を走るシロタエは、さすがだ。

私はシロタエの背中に乗りながらタブレットを手に、特に太いのを目安にいくつか『伐採』していくと、水が流れ落ちているのが見えてきた。

「あ、あった」

思っていたよりも、かなり水量が多い。そして、この水の流れに沿って生える木が軒並みデカい。こうも成長速度が早いなら、薪用の森林地域にしてもいいかもしれない。近場にあるのは何よりも助かる。やっぱり、こっちに下る道も作っておくべきだろう。

「まずは、ある程度『伐採』しておかなきゃね」

水の流れに沿って進んでみると、敷地に近いところほど、木の成長度合いが早いようだ。

傾斜が緩くなった辺りから、水辺の木々は周辺のものと大差がなくなっている。そして、下りきった辺りから水の流れている幅が広がり、小川といっていいくらいになっている。

シロタエから降りて、周辺を見回し、上を見上げる。

「けっこう下りてきたわね」

周辺の木々の隙間(すきま)から山の頂上が見えるけど、ログハウスから見るのに比べてかなり遠く感じる。

『もう少し進めば、平地を流れる川へと合流します』

「え、本当⁉」

山頂から見下ろした時に見た以来なので、ちょっと気になる。

「シロタエ、見に行くのに付き合ってくれる？」

『ええ、構いませんよ』

私は、こちらに来て初めて、山の外へと出ることになった。

シロタエの背に乗り、ゆっくりと森の中を歩いていく。すでに平坦な地になっているから、森、でいいんだろう。所々、木の根元辺りに雪が残っている。

タブレットの『ヒロゲルクン』の地図で確認しようとしたら、ここはすでに私の山の範囲ではないようで、私の位置が把握できなくなっている。

「この辺も購入したら、この地図に反映されるのかなぁ」

それがわかるのは、イグノス様か稲荷さんだろう。むしろ、地図専用のアプリがあったりしないだろうか。あれば、欲しい。キャンプ場に行った時にでも聞いてみよう。

不意に、目の前が開けた。

「うわ～、思ってたのよりも大きな川だわ」

敷地から流れ出ている水に沿って来たけれど、辿（たど）り着いたのは、思いのほか川幅があった。だいたい10m以上はありそう。山頂から見えた細い川は、これのことだろう。

川の向こう岸には木々はなく、荒れ果てた平野が広がっている。見渡す限りの平野に、人家は見当たらないし、向こう岸に渡れそうな橋も見えない。

「……この辺って、人、住んでないの？」

『たまに冒険者が魔物の討伐に来るのを見かけますが、人の住む場所は、ここからだと、もっと西、あるいは北の方でしょうか』

「そっか……道らしいのもないもんね」

シロタエの話から、村だか町だかはあるようだけれど、あまり近くではないようだ。

「あ、魚が跳ねた」

魚が跳ねた辺りは、かなり深そうだけど、岸のそばは水底がよく見える。あれは食べられる魚なんだろうか。ちょっとだけ気になる。

「そういえば、稲荷さんが盗賊もいるって言ってたけど」

『おりますけど、この周辺は私たちがおりますから（住みつくことはないですね）、ご安心を』

「そうなの？　助かる～。その手の人たちと遭遇しないにこしたことないからさぁ」

でも、念のため、あちら（日本）で防犯グッズを買っておいたほうがいいかもしれない。

私はシロタエに乗りながら、しばらく川沿いを下流の方へと進んでいく。この川は山の端にある森の周辺をなぞるように流れていたが、そろそろ森が切れるようだ。

「思いのほか、広かったわ。私一人じゃ、ここまで来れなかったと思う。ありがとうね」

『いえいえ……どうせなら、この辺りも五月様の持ち物にされては？』

「やだぁ、そんなにお金ないよ～」

『お金、ですか？』

「そうそう、あの山だって、稲荷さんから買ったんだし……だいたい、この辺りだって稲荷さんの持ち物とは限らないんじゃない？」

町や村があれば、この土地を管轄している組織か人がいてもおかしくはないはず。

『……人のことは、よくわかりません。私たちの縄張り外のことになりますので……』

そりゃそうか。シロタエと普通にこうして会話しているせいで、人のように扱ってたわ。

「うん、そうよね。その辺のことは稲荷さんに聞いてみるよ。一旦(いったん)、家に帰ろうか」

『はい』

私たちはログハウスのある山へとのんびり戻ることにした。


翌日、シロタエに言われた通りに、湧き水側の道に木を植えることにした。選んだのは桜。やっぱり、桜並木、というのは日本人の心の原風景みたいなものだから。

だいたい10m間隔で『ヒロゲルクン』の『植樹』のメニューから、桜の苗木を選んで植えてみた。念のため『鑑定』してみたが、この桜の苗木自体には結界の機能はついていないものの、魔除けのような力がある模様。

ログハウスの敷地の出入り口から植えていって、草刈りが中途半端(ちゅうとはんぱ)に終わっている所までたどり着くのに、一日半ほどかかった。その間に、敷地近くの苗木から順に、目に見えてじわじわと成長していった。植えた当初は膝くらいだったのが、腰くらいになっていたのだ。

『精霊さん、お願いします』

そう呟きながら植えたおかげだろうか。さすが、異世界クオリティ。

このまま順調に育てば、もしかしたら四月には桜の花が咲いているかもしれない。

「どうせなら道を下まで通して、全部桜並木にしたいところなんだけど」

今日は、シロタエは一緒ではない。少し気候が暖かくなったので、山頂の様子を子供たちと一緒に見に行っているのだ。

久々の一人での草刈りなので、腰にカウベルを下げてやって来た。静かな山の中だけに、歩くたびに、ガランガランと音が響く。

「そういえば、山の反対側、裸山状態になってたっけ」

あそこも植林しなくちゃいけない。でも、どうせなら、果樹とかを多めに植えたりしたら、私だけじゃなく、動物たちの餌になったりするんだろうか。

今果樹で苗木に出来るのは、リンゴ、桜、梅、柿の四種類。そのうち、柑橘類だったり、ぶどうや梨だったりを植えるのもいいかもしれない。

そんなことを考えていると夢が膨らんでいく。

気が付けば、草刈りの途中の場所に辿り着いていた。目の前の草ぼうぼう状態に、ため息をつきたくなるけれど、私は「気合いだ、気合いっ！」と声を上げ、タブレットの『収納』から草刈機を取り出した。

集中すると、時間が進むのは、本当にあっという間だ。

「やばっ、もう暗くなってきてる」

少しずつ日が伸びてきている気はしていても、まだまだ二月も半ばだ。

私は慌ててタブレットを出して、草刈り機を『収納』する。

「こっから上り坂を戻るのかぁ」

そう言いながら、タブレットをバッグにしまおうとして気が付いてしまった。

「あれ？　車、『収納』しとけばいいんじゃ」

ずっと『伐採』した木々を『収納』したままにしていたけれど、昨日まとめて薪にしたばかり。

今は大きな物の在庫がほとんどないのだ。

――馬鹿だ。私。

いつも一つのことに集中すると、他の事が手につかなくなってしまう自分に、思い切り落ち込む。

「あー、戻るのめんどくさいー！」

思わず、大きな声で叫んでしまったのは、仕方がないと思う。


古龍の卵は、うんともすんとも言わない。

魔道コンロを売っているだろう、こちらの町へ向かう道も、まだ目途が立たない。

それでも春になったら、もう少しやれることも増えるだろう。

全然、スローライフではないけれど、意外に面白いと思っている私がいる。

『さつき～！　おみやげ～！』

『むむむ～（おみやげ～！）』

草刈りを続ける私の方へと、山の斜面から駆け下りてくる、嬉しそうなハクとユキ。

「うげっ」

大きなトカゲを咥えているのを見て、呻いてしまうのは、許してほしい。

もうすぐ春がやってくる。

書籍限定
書き下ろし

パン、パン、パパパン

あちら(日本)で仕事をしていた頃、朝食はパンが多かった。トーストだったり、総菜パンだったり、菓子パンだったり。会社帰りにコンビニによって買ってこれるのも楽だったし、朝の慌ただしい時間で食事を済ませるのも楽。ついついパンに偏りがちだった。

しかし、山暮らしを始めてみれば、毎日気軽にパンを買いに行く場所もない。

それに、パン類は賞味期限が短い。

冷凍できればいいのだろうけど、そうもいかないので量を多く買うわけにもいかず、冬ごもりを始めて、数日もしないうちに、無くなってしまうのは当然だろう。

「これで最後かー」

食パンはすでに無く、袋買いしていたロールパンが、残り三個となった。

賞味期限は過ぎていて、ちょっと硬くなってしまっている。

霧吹きで濡(ぬ)らしてトースターで焼いたらマシになりそうだけれど、生憎(あいにく)どちらも用意がない。

仕方がないので、濡れたキッチンペーパーを固めに絞ってロールパンを包み、その上、アルミホイルで包んだのを、暖炉の傍(そば)で温めてみる。まるで焼き芋でも作ってるみたいだ。

そろそろいいか、と火ばさみでアルミホイルの塊を取る。

「あっち！」

皮を剝くようにアルミホイルを剝いて出てきたのは……皺々のロールパン。

「う、失敗した」

それでも、残り少ないパンだし、と、半分に割って、バターを挟む。温まっているせいで、すぐに溶けていく。垂れていかないように、すぐにかぶりつく。

「んっ……まぁ、こんなもんか」

中途半端に残ったロールパンは、目玉焼きの黄身と塩をソース代わりに、撫でつけるように拭って食べる。

……最後のパンだというのに、イマイチ。それでも、あっという間に食べきってしまった。

しばらくご飯の朝食が続いたけれど、飽きてくるわけで、やっぱり、パンが恋しくなってくる。

朝、ぼーっとしながらキッチンに立つ。

「……パン、作りますか」

マンション暮らしをしていた時にも、作ったことがなかったパン。

キャンプする時にキャンプ飯として作れないかと、動画で調べたし、ダウンロードすらしていた。

材料はこの前の買い出しの時に、ちゃんと買ってきた。

よーし、と気合を入れて、材料の準備にとりかかる。

「ビニール袋の中に、小麦粉、ドライイースト、砂糖、塩を入れて～」

私のやり方は、キャンプ動画を参考にしてるから、本格的なパン作りとは違う。それに、できるだけ手が汚れないように、ジッパー付きのビニール袋だけで完了させるつもり。

――ようは、ちゃんとパンになればいいのよ！

シャカシャカとビニール袋の中を混ぜてから、サラダ油とぬるま湯を入れる。

再び、シャカシャカ。

しばらくすると、ビニール袋の中に、生地の塊が出来てくる。

「これを、もみもみ～」

しばらく揉み込んでから、カウンターの上で袋のまま捏ねる。捏ねる。捏ねる。

やっと、ベタベタしていたのがなくなった。

「よし、じゃあ、暖炉の前で、このまま発酵！」

確か40度くらいの暖かい場所がいいって言っていた気がするので、あんまり近づけすぎないようにしよう。

生地を発酵させている間に、メスティンの準備。パン生地をそのまま入れてしまうと、側面に張り付きそうなので、中にクッキングシートを敷いておく。

そろそろか、と暖炉の方に目を向ける。

「お、少しだけ膨らんでる。よしよし」

ビニール袋から取り出して、指先でチェックしてみると、ベタベタ感がなくなってる。

パン生地を小さく六等分にして丸めてから、メスティンの中に並べる。焼き上がったら、いわゆるちぎりパンになるはずだ。

もう一度、暖炉の前でメスティンごと温めて二次発酵。

「どれどれ……おおっ！　膨らんでるっ！」

いざ、焼きに挑戦だ。

炭で焼いたほうが美味しくなりそうな気もするけれど、今はカセットコンロにのせて焼き始める。

しばらくすると、ぷ〜んといい匂いがしてきたじゃないか！

焦がしてはマズイと、表裏を交換する。

——よーし、よし。

と思っているところに。

ガリガリガリッ
ログハウスのドアを、爪で引っ掻く音が響いた。

『さつき〜！』

『さつき〜』

ハクとユキだ。

慌ててメスティンを火から下ろして、濡れ布巾の上に置いて、ドアを開けた。

「おはよう。どうした？」

『なんか、すごい、いいにおいがしたからっ』

ハクが尻尾を凄い勢いでブンブン振りまくっている。

「え、いい匂い？」

換気のために小さく開けていた窓から匂いが漏れていたのかもしれない。

しかし、肉ではない。パンである。

ただのパンの焼ける匂いなのに。ホワイトウルフはパンも食べるのか？

『なんのにおい？』

ユキまで鼻先を天に向けて、クンクンと匂いを嗅いでいる始末。

「ぱ、パン焼いてるのよ」

『ぱぱん？』

「パ・ン、よ」

『ぱんっ！』

物欲しそうに見上げてくる二匹に、私も根負けしそうになる。

「ちょーっと、ちょーっと待っててね」

私はキッチンに戻って、メスティンの蓋を開けてみる。

少し焦げているものの、匂いはいい。多少焦げたくらいのほうが、生焼けよりはマシだろう。用意してあった皿の上にぼとりと落ちたパンの裏側も、いい焼き色がついている。

「どれどれ、あっち、あち」

『さつきー！』

『まだー？』

二匹の声をスルーして、ちぎって食べてみると……ヤバッ。

「うわっ、なにこれ」

口に広がる甘さにビックリ。

初めて作ったのに、こんなに美味しくなるとは、予想外だ。

『さつきー！』

「あ、はいはい」

焼きたてで熱いのを我慢して、二つだけちぎる。フーフーと冷まして、ハクとユキ、それぞれの口の中に放り込んでやる。

『はっ、はふっ、あっつい』

『あっついけど、おいしー』

『うん、おいしー！』

白い息を吐きながら、二匹がパンを食べている姿に、こっちも嬉しくなる。

『五月様、何やらよい匂いが』

『素敵な匂いですね』

なぜか、ビャクヤとシロタエまでやってきた。

うん、あなたたちも欲しいわけね。

しょうがないので、二つをちぎってあげた。最後の一個は当然、私。譲るつもりはない。

まだ少し生地が残っていたはず。これにチーズを混ぜて焼いたらどうだろう。おやつ用に買った、お徳用のチョコレートを使うのもいいかもしれない。

「うん、これなら、毎日……は無理でも、たまに焼くのはいいかも」

ビャクヤたちからの痛い視線にさらされながら、もぐもぐパンを食べる私なのであった。

あとがき

皆さん、私の妄想(もうそう)異世界キャンプ、異世界山暮らし、楽しんで頂けましたでしょうか。

この作品を書くキッカケとなったのは、ある20代の女性のキャンプ動画を見たこと。

多くのキャンプ女子の動画は、お洒落(しゃれ)でワキャワキャしているものが多かったのですが、私の関心を引いた動画は、それらとは一線を画していました。

その動画の女性の場合、かなりサバイバルな感じで、なんでもできちゃうかっこかわいい感じ。

本来なら不自由な環境を、凄く楽しく過ごしていて、羨ましいと思いました。

特に、不器用な私や主人公の五月(さつき)とは大違いで、様々な道具を駆使したり、最新のキャンプギアを使って楽しんでいる姿に、見ていてワクワクしていました。

そんな彼女の動画の中に、山を買ったという動画がありました。

彼女がちょこちょこと山をメンテナンスしていくのを見ていて、これ、ずっと、そこに住んだらどうなるんだろう、と思ったのが、『山(やま)、買(か)いました』の始まりとなりました。

ちなみに、私自身の泊りがけのキャンプ経験は、子供の頃に父親に連れられて行った一回きりです。場所は山の中、綺麗な渓流(けいりゅう)のそばだったのを覚えています。

大人になってからは、当時の会社の同僚と行った、日帰りでのＢＢＱくらいです（これって、所謂、デイキャンプに当たりますかね？）。

実際には、中々キャンプに行くことは出来ないのが、残念です。

でも、そのうち、キャンプ飯（特にパンを焼くこと！）には挑戦してみたいと思っています。

WEBで掲載している作品への読者の皆様からのコメントは、作品を書いていく上で、大変励みになりますし、参考にもなっています。特に、地域によっての違いなどの指摘には、目から鱗なことが多く、なるほどー、と感心するばかりです。いつもありがとうございます。

この作品は、普通の会社員だった五月が、一人で山暮らしを始める話です。

五月自身は完璧な女性ではありません。知らないことやできないことはたくさんあります。当然間違うこともあります。その失敗なども含めた、五月の山での生活プラス、異世界でのワクワクな出来事を楽しんでいただければ嬉しいです。

次のお話では、いよいよ、あの子たちが登場です。どんな山暮らしになるか、楽しみにしていただければ幸いです。

最後に、今回書籍化に伴い大変お世話になった、GA文庫編集部の担当編集様、素敵なイラストを描いていただいたりりんら先生、ありがとうございました。

実川えむ

山、買いました
～異世界暮らしも悪くない～

2023年10月31日　初版第一刷発行
2023年11月1日　第二刷発行

著者　実川えむ

発行人　小川 淳

発行所　SBクリエイティブ株式会社
〒106-0032　東京都港区六本木2-4-5
03-5549-1201　03-5549-1167（編集）

装丁　AFTERGLOW

印刷・製本　中央精版印刷株式会社

ISBN978-4-8156-2109-4
Printed in Japan

ファンレター、作品のご感想をお待ちしております。

〒106-0032　東京都港区六本木 2-4-5
SBクリエイティブ株式会社
GA文庫編集部 気付

「実川えむ先生」係
「りりんら先生」係

本書に関するご意見・ご感想は
下のQRコードよりお寄せください。
※アクセスの際に発生する通信費等はご負担ください。